초등학교 출신 수사과장 흥미진진 휴먼감동 스토리

7전8기

검찰수사과장 되다

7전8기
검찰수사과장 되다

지 은 이 | 정병산
펴 낸 이 | 김원중

편   집 | 심현정, 김향인
디 자 인 | 옥미향, 김윤경
제   작 | 허석기
관   리 | 김선경

초판인쇄 | 2010년 7월 6일
개정 1 쇄 | 2011년 10월 5일

출판등록 | 제301-1991-6호(1991.7.16)

펴 낸 곳 | (주)상상나무
          도서출판 상상예찬
주   소 | 서울시 마포구 상수동 324-11
전   화 | (02)325-5191
팩   스 | (02)325-5008
홈페이지 | http://smbooks.com

ISBN   978-89-86089-31-8 (03810)

값 12,000원

초등학교 출신 수사과장 흥미진진 휴먼감동 스토리

7전8기 검찰수사과장 되다

정 병 산 지음

상상예찬

청빈낙도 清貧樂道

청산은 나를 보고 말없이 살라하고
창공은 나를 보고 티 없이 살라하네
탐욕도 벗어 놓고 성 냄도 벗어놓고
물 같이 바람 같이 살다가 가라하네

한 포기 인동초처럼

월드컵에 정신이 팔려 있던 어느 날, 전화벨이 울렸습니다. 제자인 정병산 과장이 책을 출간하게 되었으니 추천의 글을 써달라는 내용이었습니다. 너무도 기쁜 마음에, 무엇을 어떻게 써야할지 생각지도 않고 알았다고 대답부터 해버렸습니다. 그도 그럴 것이 백운산 정기를 받고 순천 황전의 임선이라는 두메산골에서 태어나 학력이라곤 초등학교 졸업뿐인 그가 무작정 상경하여 모든 고난과 역경을 헤치고 지금의 자리에 우뚝 선 제자이기에 기쁨이 더했던 것 같습니다.

지금으로부터 40여 년 전, 황전북국민(초등)학교에서 교편을 잡고 있을 때, 내가 담임을 맡고 있던 6학년 정병산 학생은 쌍둥이 동생인 병윤이와 늘 앞서거니 뒤서거니 하며 1, 2등을 다투었고, 시험을 보면 거의 만점에 가까운 점수를 받았습니다. 그래서 쌍둥이의 답을 모범 답안 삼아 다른 학생들의 시험지를 채점하기도 했습니다. 그렇게 공부도 잘하고, 밝고, 건강한 정병산 학생이 단지 가난 때문에 중학교에 진학할 수 없었을 때, 얼마나 안타깝고 가슴이 아팠는지 모릅니다.

그가 어려운 환경과 지독한 가난에도 불구하고 배움에 대한 열정을 불태우며 주경야독한 결과 검찰에 당당히 입문하고, 몇 년 전에는 그 어렵다는 5급 검찰사무관 시험에 합격했다는 소식을 듣고서 인간 승리란 바로 이런 거구나 생각했습니다.

한 포기 인동초와도 같은 그의 삶이 어려운 환경에서 방황하고 있는 젊은이들에게 희망의 등불이 되기를 기원하며, 이 책의 출간을 진심으로 축하합니다.

2010년 7월 前 부산 화랑초등학교장 조성용

꿈과 희망을 전하는 삶의 지침서

무더운 여름, 어느 일요일 오후 자그마하지만 당당한 체구에서 뿜어 나오는 열기를 식혀가며 사무실 한구석에서 5급 사무관 승진시험 공부를 하던 분을 기억합니다. 현재, 대전지방검찰청 천안지청 수사과장으로 근무 중인 정병산 과장입니다. 제가 서울중앙지검 특수3부장 시절 같이 근무하면서 그의 개인사를 알게 됐고 지금껏 끈끈한 정을 나누어 왔습니다.

유년시절 열악한 가정환경 속에서 서울로 홀로 상경해 낮에는 이발소에서 머리를 감으며 생계를 이어가고, 밤에는 허기진 배를 움켜잡고 쪽방에서 공부하며 4번이나 떨어졌지만 끈질기게 물고 늘어져 5번 만에 5급 을류 검찰사무직(현 9급) 시험에 당당히 합격하고 쓴 정병산 과장님의 〈불굴의 투지란 의의〉와 이번에는 또다시 7전8기 끝에 5급 검찰사무관 승진시험에 합격한 후 쓴 〈인고忍苦의 세월〉이란 합격 수기를 보면서 저 스스로 가슴속에서 울컥 올라오는 감동을 느끼면서 눈물을 흘린 적도 있습니다.

이번에 정 과장님께서 자신이 걸어온 파란만장한 길을 자서전으로 출간한다고 하니 옆에서 그분의 온화한 성품과, 인간미, 그리고 업무에 대한 열정과 실력을 보아온 저로서는 저 개인의 일처럼 감개무량하여 정 과장님께 축하의 말씀을 드립니다.

그의 자서전은 어느 공무원 수험생의 단순한 합격 수기가 아니라 독자들에게 꿈과 희망을 전하는 삶의 지침서가 되리라 감히 말씀드립니다. 특히, 도전을 앞둔 청소년에게 두려워하지 않는 용기와 역경을 헤쳐 나가는 지혜를 주는 양서가 될 것입니다.

다시 한 번 본서의 출간을 진심으로 축하드리며, 정 과장님과 평생을 동고동락하면서 늘 뒤에서 힘이 되어 주셨던 박종현 사모님께도 축하의 말씀을 드립니다.

서울고등검찰청 송무부장(검사장) 홍만표

웅변보다도 강력한

한 사람의 인생은 수많은 이야기를 담고 있습니다. 진실한 인간의 삶은 소설보다도, 철학자의 인생론보다도 우리에게 더 많은 교훈과 감동을 줍니다. 고난과 역경에 처한 인간이 끝없는 도전과 투지로 이를 극복해 나가는 내용이라면 더욱 그러합니다.

정병산 수사과장과 저의 인연은 사실 그리 길지 않습니다. 올해 초에 새로 천안지청의 수사과장으로 부임해 와서 6개월 정도 같이 근무한 것이 전부입니다. 작은 키에 다부진 외모, 홍안의 미소년 같은 구김살 없는 동안이라는 것이 그의 첫인상이었습니다. 밝고 너그러운 성품과 낙천적이고 여유 있는 태도는 그가 걸어온 삶의 여정이 지독한 가난과 어려움을 극복해 나가는 과정이었음을 짐작하기 어렵게 했습니다. 그의 삶이 그가 쓴 합격 수기 제목대로 '인고의 세월을 불굴의 투지로 극복'해 나가는 과정이었다는 사실을 짐작하기는 어려웠지만, 그의 인생 이야기를 읽어 나가면서 참으로 감동의 파도가 물결치는 것을 억제할 수 없었습니다.

그는 작은 거인입니다. 체구는 비록 작지만 뜻은 크고 굳으며, 직원들과 동료들을 품고 이끌어 나가는 지도력은 놀랄 만큼 탁월합니다. 또한 그는 영원한 청년입니다. 티 없이 해맑은 얼굴로 호기심 많은 눈빛을 반짝이지만 업무에 대해서는 누구에게도 양보하지 않고 놀라운 열정과 실력을 보여줍니다.

이런 그가 그동안의 삶의 기록을 정리한 자서전을 출간한다고 합니다. 또 하나의 새로운 도전과 출발을 위한 준비라고 믿습니다. 앞으로 그가 호기심 많은 눈빛과 사람 좋은 웃음과 함께 또 어떤 도전과 성취, 어떤 인생의 이야기를 들려줄 것인지 무척 기대가 됩니다. 그가 지금까지 살아온 삶, 그리고 앞으로 살아나갈 삶 자체가 어떤 수식어보다도 더 강력한 웅변이 되리라 믿습니다.

대전지방검찰청 천안지청장 **강인철**

슬픈 운명을 뛰어넘어

"우리가 환난 중에도 즐거워하나니 이는 환난은 인내를, 인내는 연단을, 연단은 소망을 이루는 줄 앎이로다." (로마서5장)

여기 숙명처럼 자신의 어깨에 지워진 어두운 삶의 고비를 뛰어넘은 분이 있습니다. 슬픈 운명에 결코 굴하지 않고, 모진 고난과 역경을 오히려 도전의 기회로 여기고, 당당히 헤쳐 나간 인간 승리가 있습니다. 그런 입지전적인 삶의 주인공은 정병산 과장님입니다.

그분을 우리 직장에서 처음 만난 건 1994년경이었습니다. 작은 키에 외모가 그리 뛰어나지도 않았으나 퍽 활달하면서도 적극적인 모습에 항상 자기 일에 최선을 다하는 분이었습니다. 늘 밝게 웃는 모습이었기에 아무도 그분의 지난날이 그렇게 험난했으리라곤 생각지 못했습니다.

그는 독학으로 4전5기 끝에 검찰청 입사시험에 합격했고, 다시 40대 중반의 나이에 7전8기 도전 끝에 수사과장 간부의 직에 올랐습니다.

그는 20년 넘게 우리 사회의 어둠을 비추는 작은 등불이었습니다. 지난날 각고의 세월이 있기에, 이제껏 그래왔던 것처럼 남은 공직도 더더욱 이 사회의 공의를 위해 마지막 불꽃을 태워 가리라 믿습니다.

"너희는 악을 미워하고 선을 사랑하며 성문에서 공의를 세울지어다. 오직 공법을 물같이 정의를 하수같이 흘릴지로다" (구약성경 아모스5장)

작은 시련에도 툭하면 자살하는 풍조가 만연한 이때에 꼭 한번 읽어보시라 감히 권해드리고 싶습니다. 감사합니다.

서울중앙지방검찰청 사무국장 김광수

순천 시민들을 감동시킨 미담

　　천안지청 정병산 수사과장님은 우리 순천 고향 출향민으로서 우리 순천을 빛낸 훌륭한 분입니다.

　　정 과장님은 우리 고장 승주군 황전면 대치리에 있는 아주 조그마한 시골 초등학교만을 나와 집안이 너무 어려워 시골 머슴살이가 싫어 무일푼으로 무작정 상경하여 독학으로 오늘의 자리를 일구어 낸 분으로, 많은 청소년들에게 귀감이 되는 분입니다.

　　지난 2007년 12월경, 정 사무관님이 7전8기 도전 끝에 검찰사무관 승진 시험에 합격한 신문 기사를 우연히 보고는 순천 시민을 대표해서 축하 난을 보냈습니다. 정 과장님의 사연은 우리 순천시에서 발간한 소식지에도 실렸는데, 많은 시민들 사이에서 잔잔한 미담이 되어 두고두고 회자되었습니다.

　　그 후 정 과장님이 금의환향하여 고향 모교 초등학교에서 사랑하는 후배들에게 꿈과 희망을 심어주는 강의를 하러 오는 길에 시장실에서 만나 차 한잔 나누며 많은 이야기를 나누던 중, 자서전을 한번 써보라고 권했던 일이 생각납니다. 저 역시 가정 형편이 어려워서 평탄치 않은 과정을 거쳐 독학으로 사법고시를 합격한 사람으로서, 한때는 검사로서 검찰에서 근무했던 적도 있었습니다. 어쩌면 정 과장님과는 특별한 인연이며, 동병상련의 정을 느끼지 않을 수 없습니다.

　　아무쪼록 이제 정 과장님이 자서전을 낸다니 많은 박수갈채를 보내며, 이 책이 많은 독자들에게 읽혀져 꿈과 희망을 얻는 기회를 갖게 되기를 기대합니다.

순천시장 노관규

희망은 여전히 유효하다

개천에서 용 난다는 것도 이제는 옛말, 날로 가속화되는 양극화 현상 속에서 그 의미가 점점 퇴색하고 있습니다. 찢어지게 가난한 집에서 태어났어도 본인만 열심히 노력하면 성공하는 시대는 지났다고들 합니다. 그래서인지 요즘은 있는 집 아이들이 공부도 잘하고 출세도 잘합니다. 없는 집 아이들은 열악한 환경 탓에 공부도 못하고 좋은 기회도 갖지 못해 가난이 대물림되고 있습니다. 88만원 세대로 불리는 요즘 젊은이들은 취업전쟁에 지친 나머지 꿈을 잃어가고 있습니다.

그러나 저는 감히 아니라고 말하렵니다. 암담한 현실이 우리를 짓누르고 양극화의 벽이 우리를 가로막더라도 희망은 여전히 유효하며, 포기하지 않고 부단히 노력하면 언젠가 반드시 꿈을 이룰 수 있습니다.

"강을 거슬러 헤엄치는 물고기만이 물결의 세기를 알 수 있다."는 말이 있습니다. 가진 것도 없고 배운 것도 없는 제가 머슴살이 할 운명을 거부하고 화이트칼라의 꿈을 꾸며 마침내 검찰 수사과장이 되기까지, 물살에 몸을 맡기고 편안히 헤엄치지 못했습니다. 물살을 거슬러 헤엄치느라 지독히도 힘들었습니다. 그러나 이제 와 생각해 보면 지독한 '가난'과 '결핍'이 오히려 제 스승이 되지 않았나 생각합니다. 힘든 환경을 헤치고 살아오느라 꿈을 향해 더 힘차게 달려왔습니다. 물살을 거슬러 헤엄치는 게 아무리 힘들어도, 포기하지 않으면 결국은 강을 건널 수 있다는 것을 알았습니다. "잔잔한 바다는 노련한 뱃사람을 키워내지 못한다."는 말이 불변의 진리임을 깨달았습니다.

그렇다고 사회에서의 성공 여부를 개인의 몫으로만 돌리지는 않으렵니다. 물론 개인의 노력이 일차적으로 중요하긴 하나, 그 노력이 배반당하지 않고 정당하게 꽃피울 수 있는 건강하고 건전한 사회가 만들어져야 합니다. 그리고 그런 사회를 만들어 가는 것이 우리 기성세대의 몫이라 생각합니다.

저물녘 산그늘처럼 어두웠던 지난날의 이야기를 자서전이랍시고 여러 사람들 앞에 드러내 놓으니 부끄러울 따름입니다. 제 글이 저와 관련된 다른 분들에게 혹시나 누가 되지 않을까 조심스럽습니다. 두서 없는 넋두리에 불과할지도 모르지만 제가 힘겹게 헤쳐 온 인고忍苦의 세월이 어려운 환경에서 힘겨워하고 있는 사람들에게 꿈과 희망을 주고 용기를 북돋아 주길 바랍니다.

2010년 7월 대전지방검찰청 천안지청에서

수사과장

contents

아버지처럼
머슴이 되긴 싫었다

6학년 졸업반이 되자 학생들은 진학반과 비진학반으로 나누어졌다.

중학교를 목표로 한 진학반은 방과 후에 남아서 보충수업을 받았다.

우리 집에서는 쌍둥이가 이름 석 자 알고 졸업하면 된다고 생각했기 때문에

중학교는 안중에도 없었다. 하루빨리 깔담살이부터 시작해

부지런히 돈을 벌어 가난을 벗어났으면 하고 바라는 눈치였다.

잔잔한 바다는 노련한 뱃사람을 키워내지 못한다.

전쟁의 소용돌이 속에서 태어나다

한국전쟁의 소용돌이 속에서 온 나라가 초토화된 1952년, 유엔군과 공산군의 휴전 회담이 난항을 겪는 가운데 치열한 국지전이 전개되었다.

그 해 이승만 대통령은 오늘날의 배타적 경제 수역과 비슷한 개념의 해상 경계선인 '평화선'을 선포했고 독도를 평화선 안에 포함시켜 우리 영토임을 일본에 강력히 천명했다. 그리고 우리나라 최초의 직접 선거를 통해 대한민국의 제2대 대통령으로 선출되었다.

1952년 여름에는 핀란드의 수도 헬싱키에서 제15회 올림픽이 열렸다. 우리나라는 전쟁 중에도 육상, 권투, 역도, 레슬링, 승마, 사이클 등 6개 종목에 35명의 선수를 출전시켰다. 역도의 김성집 선수와

권투의 강준호 선수가 동메달을 따는 성과를 올렸을 뿐 아니라 평화
애호국가로서 대한민국의 이미지를 세계 만방에 알릴 수 있었다.

　그처럼 다사다난했던 1952년, 전쟁의 한가운데서 내가 태어났다.
경주 정鄭씨인 아버지와 김해 김金씨인 어머니 사이에서 4남1녀 중 셋
째 아들로 태어난 나는 힘찬 울음소리로 이 세상에 내 존재를 처음
알렸다. 그런데 내가 어머니 뱃속에서 나온 지 1분도 채 안 돼 또 한
번의 울음소리가 나자 밖에서 서성이던 가족들이 깜짝 놀랐다. 내 뒤
를 이어 쌍둥이 동생 병윤이가 태어난 거였다. 1분이라도 먼저 나왔
으니 내가 형이긴 하지만 생물학적으로 따지면 그렇지 않다고 한다.
왜냐하면 쌍둥이 중 동생이 모태에서 먼저 착상되어 자궁 안쪽에 머
물고, 형은 나중에 착상되어 자궁의 바깥쪽에 자리를 잡기 때문이다.
비록 엄마 뱃속에서는 먼저 나왔어도 나중에 착상되었으니 생물학적
으로는 내가 동생이고, 동생이 형인 셈이다.

　우리가 태어났을 때 아버님이 48세, 어머님이 36세이셨으니 요즘
으로 말하면 늦둥이를 봤다고나 할까? 나중에 들은 얘기지만 큰형님
위로 3명의 남매가 더 있었는데, 이 세상과는 인연이 없었던지 모두
어려서 병으로 죽었다고 한다. 부모님은 아들을 한꺼번에 둘이나 얻
어 기쁘기도 하셨지만, 늦게 본 쌍둥이마저 병치레로 잃으면 어쩌나
하는 걱정에 마음을 졸이셨다고 한다.

　내가 태어나 유년 시절을 보낸 전라남도 승주군지금의 순천시 황전면
임선리 근처의 두메산골은 사방이 산으로 둘러싸인 빈촌貧村이었다.

전쟁의 소용돌이 속에서 온 나라가 초토화된 1952년,
전쟁의 포화를 피해 비교적 안전한 남쪽으로
피난 가는 사람들의 행렬이 줄을 이었다.

동네 주민이라고 해봐야 달랑 10여 가구. 그래서 이웃집 숟가락 개수는 물론, 집안 내력과 말 못할 속사정까지도 훤히 알 수 있었다.

그 당시 우리 집은 지푸라기와 흙을 짓이겨 만든 흙벽으로 지어져서 마치 원시시대의 토굴집을 연상케 했다. 전기가 들어오지 않았던 관계로 밤마다 호롱불을 켜고 살았는데, 찢어지게 가난한 살림살이에 호롱불을 켤 석유조차 아껴야 했기 때문에 방 벽을 창문처럼 뚫어 창호지를 바르면 방과 부엌 모두를 비추는 일석이조의 효과를 볼 수 있었다. 흙으로 두른 초가 지붕은 비만 오면 빗물이 새서 방에 커다란 양동이를 받쳐 놓아야 했다. 또 비가 오면 아궁이에서 물이 나와 불을 땔 수 없었고, 밥도 지을 수 없어 배를 곯아야만 했다.

먹을거리가 넘쳐나는 요즘, 살이 쪄서 뚱뚱하면 비만과 성인병의 위험은 물론 자기관리를 못 한다는 비난까지 감수해야 한다. 그러나 내가 어렸을 적엔 마을에서 뚱뚱한 사람을 구경하기도 힘들었고, 설령 있다 해도 부의 상징으로서 부러움의 대상이 되었다. 몇십 년 전의 일이지만 오늘날과는 천양지차여서 격세지감을 느끼지 않을 수 없다. 근래에 TV에 가끔 비치는 아프리카 난민촌의 풍경을 볼 때마다 그네들의 딱한 사정에 안타까운 마음이 일면서도 한편으로는 어렸을 적의 고향 마을이 떠올라 아련한 향수에 젖곤 한다.

내 아버지와 어머니에 관한 얘기를 할 때 결코 빠질 수 없는 단어가 바로 '머슴' 이다. 아버지가 3살 되던 해에 할아버지가 돌아가시자 당장 먹고살 길이 막막해진 할머니는 어린 아들을 두고 다른 데로 재가할 수밖에 없었다. 그래서 아버지는 어린 시절 내내 정씨 집안을 전전하며 동가식서가숙東家食西家宿해야만 했다. 그러다 '깔담살이'꼴머슴을 잘못 부르는 말로, 땔나무나 풀을 베어 소와 염소를 기르며 밥만 얻어먹는 어린 머슴살이를 뜻한다를 하게 되었고, 청년이 된 후로는 쌀가마니라도 받는 머슴살이를 하며 참으로 힘들게 살아가셨다.

장가도 못 가고 스물아홉의 노총각이 되었을 무렵, 아버지는 어머니의 외가에서 머슴살이를 하게 되었다. 재가한 할머니가 돌아가신 후 머리를 풀어 예를 갖추는 것이 자식으로서 마땅한 도리라고 생각했던 아버지는 그 당시 젊은 남자들처럼 머리를 짧게 자르지 않고 길게 땋아서 늘어뜨리고 다녔다. 요즘으로선 상상도 할 수 없지만 그 당시에도 아버지의 효성은 유별났다. 어머니 외가의 어른들과 마을 사람들은 그런 아버지를 상당히 좋게 보았다. 거기다 부지런하고 착실하기까지 하니 괜찮은 신랑감이라고 생각했다. 그래서 당시 열일곱의 꽃다운 처녀인 어머니와 혼인하도록 적극 주선했다.

꽤 유복한 집안의 셋째 딸인 어머니는 아버지와의 혼인이 영 내키지 않았다. 가난하고 나이도 많은데다 외가에서 머슴살이를 하는 사람이니 당연히 싫을 수밖에. 눈물 바람으로 매달리며 시집을 안 가겠다고 버텼다. 그러나 집안 어른들의 뜻을 끝끝내 거스를 수는 없었다. 어머니는 울어서 퉁퉁 부은 눈을 하고 울며 겨자먹기로 아버지와 혼례를 올렸다.

애초에 마음에도 없는 결혼을 한데다, 신랑 신부의 나이가 많이 떨어져서 신혼생활은 아무 재미가 없었고 서먹서먹했다. 서로 생각이 너무도 달라 의견 충돌도 잦았다. 효성이 지극한 아버지는 힘들게 머슴살이해서 번 돈이 조금만 모일라치면 선영의 산소에 돈을 쓰려고 하셨다. 반면 없이 사는 게 지긋지긋한 어머니는 어떻게든 가난을 면하고자 돈이 생기기만 하면 땅을 사려고 하셨다. 아버지는 의견 차를 좁히긴커녕 번번이 어머니를 무시하며 당신 뜻대로 하셨고, 어머니는 그것 때문에 몹시 속이 상하셨다.

아버지의 머슴살이는 큰형님과 작은형님에게도 대물림되었다. 당신은 그렇다 쳐도 자식까지 머슴살이를 하는 것이 아버지로서도 가슴 아프셨을 것이다. 그러나 가진 것도, 배운 것도 없는 처지에 머슴살이라도 하지 않으면 입에 풀칠하기도 힘든 절대 빈곤이 무거운 숙명의 굴레처럼 우리 가족을 짓누르고 있었다.

아버지가 남의 집에서 머슴살이를 하고 두 형님도 멀리 떨어진 데서 깔담살이를 했기 때문에 온 가족이 한데 모여 정답게 오순도순 살아본 기억이 거의 없다. 원래 가족이란 한솥밥을 먹고 한데 부대껴 살아야 정이 드는 법 아닌가. 가난 때문에 늘 떨어져 살다 보니 형님들과의 관계가 그다지 끈끈하지 못했다. 그것은 아버지와 어머니 사이도 마찬가지였다. 애정 없이 한 결혼이라도 살다 보면 정이 생기기 마련인데 부부가 늘 떨어져 있어서 더 가까워질 기회가 없었던 것 같다.

평생 가난을 짊어지고 고단한 삶을 살아오신 아버지와 어머니.
어린 시절 아버지가 남의 집 머슴살이를 하느라
한집에서 같이 살아본 기억이 별로 없다.

저승 갔다 돌아오신 우리 어무이

너무도 가난한 탓에 어머니는 쌍둥이를 가진 상태에서도 제대로 먹지 못해 피골이 상접했다. 게다가 임신중독증이 겹쳐 쌍둥이를 낳자마자 바로 실신하셨다. 그러니 우리 쌍둥이는 모유라고는 구경도 못하고 멀건 미음으로 연명할 수밖에. 그때 동네 사람들이 어머니를 들여다보고는 산모와 쌍둥이 모두 죽을 거라고 했다. 행여 산다고 해도 사람 구실을 못할 것 같다며 혀를 끌끌 찼다.

어머니가 그렇게 힘든 상황인데도 우리 쌍둥이는 나오지도 않는 젖을 물어대며 살겠다고 발버둥쳤다. 어머니는 그런 아기들을 가까이 하기가 겁이 날 지경이었다. 그런데 매정한 아버지는 아기들 생각만 하며 어머니가 젖을 물리지 않는다고 나무랐다. 어머니는 그런 아버지가 원망스럽고 야속하기만 했다.

몸이 워낙 안 좋은 상태에서 힘들게 출산을 한데다 임신중독증이 겹치고, 산후 조리도 제대로 못한 어머니는 그 후로 수년간 복통에 시달리셨다. 거의 사흘 걸러 한 번씩 심한 통증을 호소하며 배가 아프다고 하셨다. 몹시 추웠던 어느 겨울날 새벽, 어머니가 복통에 시달리며 진땀을 흘리는 것을 보고 겁이 덜컥 났다. 우리 쌍둥이와 네 살 터울인 바로 위 도순이 누나가 어머니를 살피더니 다급하게 말했다.

"아부지한테 가서 어무이 아프다고 말씀드리고 오니라."

살이 에일 듯 차가운 겨울 바람을 뚫고 멀리 떨어진 마을에서 머슴살이를 하는 아버지를 찾아가 울며불며 매달렸다.

"아부지요! 어무이가 겁나게 아파부러요. 죽을지도 모른당께요!"

남들이 모두 잠든 이른 새벽인데도 벌써 일어나 소 여물을 끓이고 계시던 아버지는 온몸이 꽁꽁 언 우리 쌍둥이를 부둥켜안고는 손을 호호 불어주며 눈물을 흘리셨다.

"오메, 이를 어쩌거나."

남의 집 머슴살이를 하는 처지라 마음대로 자리를 비울 수 없었던 아버지는 발을 동동 구르며 안타까워하시더니 이렇게 말씀하셨다.

"나가 시방 자리를 못 비우니께 가차이 사는 산정물댁 할마이하고 수평댁 할마이한테 싸게 가서 도와달라고 해라잉."

"알았어라."

아버지는 서두르라고 손짓을 하며 우리를 배웅하다가 누군가 다가오자 급히 눈물을 훔치며 소죽을 끓이는 데로 돌아섰다. 상머슴 같아 보이는 웬 꼬장꼬장한 할아버지가 호통을 치며 잔소리를 하자 아버지는 대꾸도 못하고 그저 고개만 조아릴 뿐이었다. 그 모습이 어린 내 눈에도 한없이 초라하고 불쌍해 보였다.

우리는 아버지가 시키는 대로 이웃에 사는 두 할머니를 찾아갔다. 산정물댁 할머니와 수평댁 할머니는 어머니가 곧 죽을 것 같다는 말에 열일 제쳐놓고 우리 집으로 달려가셨다.

방에 들어가 보니 어머니는 심한 복통에 시달리다 거의 실신한 상태였다. 나와 동생은 엄마를 붙들고 죽으면 안 된다고 엉엉 울었다. 할머니들은 우리를 달랜 후 화로불에 돌을 데워 어머니 배에 올려놓았다. 그리고는 어머니 입을 벌려 된장 덩어리를 짓이긴 물을 먹였다. 그러자 한참 후에 어머니가 깨어나시는 게 아닌가! 비록 무허가 의료행위긴 해도, 삶의 연륜에서 우러난 할머니들의 민간 치료법은 제대로 된 병원 치료 한 번 받을 수 없었던 어머니에게 크나큰 도움을 주었다.

그 후로 두 할머니는 사흘 걸러 한 번꼴로 우리 집을 다녀가며 어머니를 돌봐 주셨다. 울며불며 도움을 청하러 달려가는 어린 쌍둥이와 몸이 약한 어머니가 불쌍했던지 싫은 내색 한 번 없으셨다. 우리 집의 든든한 주치의가 되어 주셨던 두 할머님. 그분들에 대한 고마움은 아직도 내 가슴속에 남아 있다. 두 분 모두 이제는 고인이 되셨지만 아마 하늘나라에서도 또 다른 아픈 이웃을 어루만지며 사랑을 베풀고 계시리라.

늘 건강이 좋지 않았던 어머니는 내가 초등학교 5학년쯤 되던 해에 몹시 아프셨다. 며칠 동안 음식은커녕 물 한 모금도 넘기지 못하더니 어느 날 갑자기 눈을 딱 감고 돌아가셨다. 아무리 흔들어도 미동이 없었고 숨조차 쉬지 않았다. 겁이 난 우리 쌍둥이는 한달음에 아버지에게로 달려갔다.

"아부지 큰일났어라! 어무이가 죽었어라!"

아버지가 하시던 일을 멈추더니 안색이 하얗게 변했다.

"오메, 워째야 쓰까! 고로코롬 아파불더니 결국은 가는구마잉."

아버지는 우리를 데리고 서둘러 집으로 가셨다. 객지에 나가 머슴살이를 하는 두 형님에게도 전보를 쳐서 당장 오라고 했다. 이웃의 구룡이라는 마을에 사시던 셋째 이모님도 불렀는데 이모님이 논길을 달려오시며 왜 이제 연락했냐고 목 놓아 울던 모습이 지금도 눈에 선하다.

우리 집은 마당에 멍석을 깔아 놓고 조문 오시는 동네 어른들을 맞이했다. 철없는 나와 동생은 막상 어머니가 돌아가시자 슬프다기보다는 죽음 자체가 무섭게만 느껴졌다. 그래서 책보자기를 들고 숙제를 핑계 대며 담 너머 친구 집으로 도망쳐 숨었다. 그러자 어머니 친구인 이센댁 아주머니가 우리를 찾아내 야단치셨다.

"야 이놈들아! 느그들 쌍둥이를 낳느라 느그 엄마가 죽도록 고생헌 것도 모르고 이게 뭐하는 짓이여? 마지막 가시는 길에 인사라도 해야제 이라믄 못 쓰는 벱이다."

아주머니는 우리 쌍둥이 둘을 한꺼번에 업고 집으로 가서 어머니가 계신 방에 들여보냈다. 어머니는 하얀 이불을 머리끝까지 덮어 쓰고 조용히 누워 계셨는데, 나와 동생은 그게 너무나도 무서워 견딜 수가 없었다. 그래서 곧바로 방 밖으로 뛰쳐나가 마당에서 울고 계신 아버지 품으로 파고들었다.

"쯔쯧, 느그들이 어매를 무서라 하는 걸 봉께 느 어매가 그만 정을 떼고 저 세상으로 갈라는갑다. 이것들 불쌍해서 어쩌거나."

아버지는 우리 쌍둥이를 끌어안고 우셨고, 동네 사람들도 어머니가 안됐다며 훌쩍거렸다.

"못 먹고, 못 입고, 거기다 쌍둥이까지 낳아서 고생 고생하드니 이게 뭔 꼴이다냐."

"좋은 시절 한때를 못 보고 그냥 가는구마잉."

"한이 많아서 저 세상 가도 편히 눈 감지는 못할겨."

결국 집안 어른들과 이모님들은 어머니가 이미 돌아가시긴 했어도 생전의 원이나 풀어주게 굿을 하자고 하셨다.

다음날, 먼 동네 사는 용하다고 소문난 무당 할머니가 우리 집에 왔다. 하얀 이불을 덮어쓰고 누워 계신 어머니를 보고는 주문 비슷한 걸 나지막이 중얼거리더니 흰 띠와 붉은 띠를 길게 늘어뜨리며 춤을 추었다. 동네 사람들과 집안 어른들, 그리고 우리 오 남매는 조용히 그 모습을 지켜보았다.

그런데 무당 할머니의 살풀이 굿이 끝나자마자 하얀 이불이 갑자기 들썩이더니 돌아가신 어머니가 몸을 움직이는 게 아닌가? 어머니는 이불을 걷어내고는 잠시 멍하니 천장을 올려다보셨다. 다들 깜짝 놀라 어머니에게 우르르 달려갔다. 두 형님과 누나, 이모님들과 아버지, 그리고 우리 쌍둥이를 본 어머니는 어리둥절한 표정을 지으며 힘없이 말씀하셨다.

"일 안 허고 머땀시 요로코롬 모여 있다냐?"

"오메! 야가 살아났네, 살아났어!"

"이거이 꿈은 아니겄제잉?"

이모님들은 어머니를 부둥켜안고 우셨다. 우리 오 남매도 따라서 울었다. 어머니는 정신이 들었는지 동네 사람들과 이모님들은 물론, 객지에 나가 있던 두 형님까지 한 자리에 모여 있는 걸 보고 대체 무슨 일이냐고 물으셨다.

"어무이가 죽은 줄 알고 장사 치르고 있었당께요. 참말로 큰일날 뻔 했어라."

누나는 어머니가 다시 살아난 게 믿기지 않는지 어머니의 얼굴과 손을 어루만지며 울었다. 주검이 된 어머니를 그토록 무서워했던 우리 쌍둥이도 살아 계신 어머니 품에 안겨서 펑펑 울었다. 동네 사람들은 별 일이 다 있다며 신기해했다.

어머니는 그렇게 기적처럼 죽다 살아나셨다. 그 모든 상황이 너무나 신기한 나는 저승이 어떤 곳이냐고 어머니께 물어보았다. 하지만 어머니는 아무 것도 생각나지 않는다고 하셨다. 지금 생각해보면 어머니가 심하게 앓다가 실신해 가사假死 상태에 빠졌는데 다들 뭘 모르고 돌아가셨다고 생각했던 것 같다. 아마도 이 세상 살기가 너무 고단하고 힘들어 잠시 저세상에서 쉬고 오신 게 아닐까?

　그 후로 한동안 어머니가 방에 혼자 계실 때면 들어갈 엄두가 안 났다. 돌아가셨다고 생각했을 때 흰 이불을 덮고 누워 계시던 모습이 자꾸만 눈앞에 아른거려 무서웠다. 왜 그런지는 모르겠지만 다른 사람들에 비해 죽음에 대한 공포가 유별났던 것 같다. 죽음이 얼마나 무서웠으면 어머니가 돌아가셨다고 생각했을 때도 슬픔보다 두려움이 더 컸겠는가. 동네에 초상이 나면 다른 아이들은 상여를 따라다니며 장난도 치고 놀기도 했지만 나는 무서워서 상여 옆을 지나가지도 못했고, 아예 숨어버리곤 했다. 설날에 아버지를 따라 세배를 다닐 때도 굴건제복을 하고 지나가는 어른들을 보면 놀라서 도망치곤 했다. 그럴 때마다 아버지에게 야단을 맞았지만 초로의 나이가 된 지금도 굴건제복이나 상여가 무서운 건 마찬가지다.

생활전선에 뛰어든 일곱 살짜리

나와 쌍둥이 동생은 일곱 살 때부터 생활전선에 뛰어들었다. 그렇다고 두 형님들처럼 남의 집에 들어가서 깔담살이를 본격적으로 시작한 건 아니었다. 우리 둘은 지게를 짊어지고 산으로 들로 쏘다니며 여름에는 풀을 베어 소나 염소를 길렀다. 그리고 겨울에는 땔나무를 베러 다녔다.

그러다 산 주인에게 들키거나 산감山監:면사무소 산림계 직원이 단속을 나오면 무서워서 간이 콩알만해졌다. 산감은 생소나무로 땔나무를 하는 사람들을 적발하곤 했는데, 법을 어겨 처벌받을 생각을 하면 어린 마음에도 오금이 저렸고 산감이 호랑이보다도 더 무서웠다. 나와 동생은 늘 가슴을 졸이며 땔나무를 했고, 신작로 쪽에서 산감의 호루라기

비슷한 소리라도 들릴라치면 혼비백산해서 걸음아 날 살려라 도망치
곤 했다.

풀이나 땔나무를 베는 일은 요즘으로 치면 3D^{힘들고-Difficult, 더럽고-Dirty, 위험하여-Dangerous 사람들이 종사하기를 꺼리는 직업} 업종에 속했다. 풀을 베다가 벌에
쏘이는 일은 다반사였고, 뱀에 물릴 뻔한 적도 많았다. 겨울에는 손
이 얼어 손등이 거북이 등처럼 쩍쩍 갈라지면서 피가 찔끔찔끔 났다.
손이 얼면 제대로 움직일 수가 없어 땔나무를 하는 데도 지장이 많았
다. 어느 날 날이 저물어 어둑어둑해졌을 무렵, 다른 사람들은 벌써
나무 한 짐을 해서 집에 돌아가는데 우리만 작업량을 못 채우고 내려
갈 생각을 하니 걱정이 앞섰다. 내려갈 엄두를 못 내고 우물쭈물하자
동생이 재촉했다.

"얼렁 내려가자. 이러다 깜깜해져불믄 집도 못 찾아 간당께."

"나무도 못해 갖고 내려가봤자 징하게 야단만 맞을긴데."

"그래도 가자. 배 고프다."

"어른들한테 야단 안 맞고 살면 소원이 없겠는디. 나는 언제나 어
른이 되분다냐."

결국 우리는 나무 짐도 얼마 못 한 채 산에서 내려왔다. 동네 어른
들은 우리가 해 온 나무 짐이 너무 작아서 어이가 없었던지, "지게에
다 웬 까치집을 지었디야?"하고 놀려댔다. 그래도 어머니는 우리가
대견한지 흐뭇한 미소를 지으셨다.

그러던 어느 날 동네 친구들과 함께 여느 날처럼 지게를 지고 앞

쌍둥이 동생 병윤이와 나는 일곱 살 때부터 지게를 짊어지고
산으로 들로 쏘다니며 여름에는 풀을 베어 소나 염소를 길렀다.
그리고 겨울에는 땔나무를 베러 다녔다.
(왼쪽이 필자)

산으로 나무를 하러 올라갔다. 좋은 땔감을 찾아 산속을 여기저기 헤맸지만 별 소득이 없었다. 나무 짐을 채우려면 한참을 더 일해야 하는데 일행들이 하나 둘씩 내려가기 시작했다. 그 날따라 쌍둥이 동생도 없이 혼자였는데 나만 남게 되자 슬슬 겁이 나려고 했다. 서둘러 생소나무 가지를 쳐서 나무 한 짐을 어설프게 한 뒤 급히 산을 내려갔다. 무거운 나무 짐을 지고 걸음을 서두르자 땀이 비 오듯 흘러내렸다.

그런데 그때 저 멀리 아래에서 하얀 소복을 입고 머리를 풀어헤친 여자가 내 쪽으로 올라오는 게 아닌가! 가슴이 쿵 하고 내려앉으며 등골이 서늘해졌다. 태어나서 귀신을 본 적은 한 번도 없었지만 그 여자는 영락없는 귀신이었다.

외길이라서 어디 도망갈 데도 없었고, 그 여자와 마주칠 수밖에 없었다. 겁이 나서 차라리 오던 길을 다시 돌아갈까도 생각했지만 그러면 귀신을 등지고 쫓기는 꼴이 될 것 같아 더 무서웠다. 그렇다고 무방비 상태로 귀신을 맞닥뜨릴 순 없어 이 궁리 저 궁리를 하는데, 그때 마침 나무 짐에 꽂아둔 뾰족한 낫이 눈에 들어왔다. 눈에 띄지 않게 슬그머니 낫을 꺼내 꼭 쥐었다. 만에 하나 귀신이 덤벼들면 휘두르리라.

멀리 보이던 여자 귀신이 점점 더 가까이 다가왔다. 뭐라고 표현하기 힘든 서늘한 기운이 나를 감쌌다. 다행히도 귀신은 나에게 말을 걸지도, 부딪치지도 않고 내 앞을 지나쳐 조용히 올라갔다. 무서움에 발이 얼어붙은 채 혹시라도 귀신이 되돌아와 해코지할까 봐 눈을 부릅뜨고 뒷모습을 지켜보았다. 시야에서 멀어지며 점점 작아지던 귀신이 어느 순간 연기처럼 홀연히 사라졌다.

그제서야 미친 듯이 산길을 내달렸다. 고무신 한 짝이 벗겨지고, 나무 짐이 사방으로 떨어지는 것도 몰랐다. 정신없이 집에 뛰어들어가 방문을 걸어 잠갔다. 그날 밤 혹시 내가 잠든 사이에 귀신이 또 찾아오면 어쩌나 가슴을 졸이느라 뜬눈으로 밤을 새웠다.

나중에 전해 들은 얘기에 따르면 그때 귀신이 사라진 곳이 어느 아주머니의 산소라고 했다. 그 아주머니는 병을 앓다가 얼마 전에 돌아가셨는데 이승에 대한 미련을 버리지 못하고 귀신이 되어 근처를 떠돈 거라고 했다.

어른이 된 후 어린 시절 산속에서 보았던 귀신 이야기를 친구들에게 무용담처럼 떠벌이곤 했지만 지금 와서 생각하면 그게 정말 귀신이었는지는 잘 모르겠다. 만약 귀신이 아니라면 나무 짐을 하느라 지칠대로 지친 내가 어두워진 산속에서 헛것을 본 건 아닐까? 부모 사랑 듬뿍 받으며 아무 걱정 없이 뛰놀아야 할 어린 나이에 잘 먹지도 못한 채 고사리 손으로 힘들게 나무 짐을 하며 생활인으로 살아야 했으니, 몸과 마음이 얼마나 지쳐 있었겠는가? 그러니 헛것을 보았다 해도 이상할 것이 없었다.

"나도 배우고 말 테다!"

여덟 살이 되자 내 또래 친구들이 대부분 초등학교에 입학하게 되었다. 그런데 아버지도, 어머니도 먹고사는 문제로 바쁜 탓에 우리를 학교에 보내는 데는 별로 관심이 없는 듯했다. 그래도 참고 기다리면 머지않아 보내주시겠지 생각했는데 며칠이 가고 몇 주가 가도 아무런 말씀이 없었다. 결국 내가 먼저 말을 꺼냈다.

"어무이. 다른 집 아들은 다 핵교 댕기는디 나는 언제 간다요?"
"느그들은 몸이 이래 쪼매만해서 안 되야."
"그라도 핵교 댕기는 데는 지장 없어라."
"안 된당께. 쪼매 더 크면 그때 들어가니라."
영양실조로 피골이 상접한 어머니한테서 태어난데다, 자라면서도 제대로 먹지 못해 우리 쌍둥이는 또래 아이들보다 체구가 훨씬 작았다. 그래서 여덟 살이라고 하면 사람들이 깜짝 놀랐다. 부모님은 그런 우리가 덩치 큰 아이들과 같이 학교에 다니면 놀림을 당하거나 맞고 다닐 거라고 생각했는지 입학을 자꾸만 미루셨다.

우리가 여덟 살이 되고도 학교에 못 가자 큰형님이 구구단과 한글을 익히게 했다. 초등교육도 받지 못한 큰형님은 자신이 배우지 못한 게 한이 됐는지 우리 쌍둥이 교육에 열을 올렸다. 남의 집에서 깔담살이를 하느라 늘 함께 있지는 못했지만 집에 올 때마다 우리에게 숙제를 내 주고는 얼마나 공부를 했는지 검사하곤 했다. 큰형님은 정식으로 글을 배우진 못했지만 어깨 너머로 혼자 글을 깨우쳐 우리를 가르칠 정도는 되었다. 글공부가 나름대로 재미도 있고 싫지는 않았지만, 겨우 여덟 살 짜리가 놀고 싶고 게으름 피우고 싶은 마음을 억누르기가 어디 쉬운 일인가. 언젠가 친구들과 어울려 노느라 큰형님 말을 안 듣고 숙제를 게을리했다가 호되게 종아리를 맞았다. 피가 철철 나도록 맞고 있으려니 아파서 참을 수가 없어 엉엉 울었다. 그러자 매를 때린 형님도 속이 상했던지 같이 울면서 이렇게 말했다.

"나허고 둘째는 핵교 근처도 못 가봤다. 느그들만은 배웠으면 혀서 성이 이라고 발버둥을 치는디, 워째 고로코롬 사람 맴을 모르고 속 없는 짓만 한다냐."

큰 형님이 꺼이꺼이 우는 걸 보고 나와 동생도 눈시울이 뜨거워져 같이 울었다. 잘못했다고 싹싹 빌고는 열심히 공부하겠다고 약속했다.

그때 우리 마을에 일명 '거지 선생'이라고 불리는 한문 선생님이 있었다. 상당히 연로한 할아버지로, 집도 절도 없이 이 집 저 집 떠돌아다니거나 동네 사랑방에서 거처하며 아이들에게 한문을 가르치는 것으로 생계를 해결하곤 했다. 거지 선생님이 아이 한 명당 받는 일 년치 수업료는 쌀 한 말 정도? 결코 부담스런 비용은 아니었다. 그러나 우리 집은 일 년에 쌀 한 말을 줄 형편조차도 못 됐다. 다른 친구들은 모두 거지 선생님에게 한문을 배우는데 나와 동생만 배우질 못해 얼마나 안타깝고 속이 상했던지.

어느 날인가 혼자 골목을 걷고 있는데 "하늘 천, 따 지, 검을 현, 누를 황"하는 구성진 소리가 서당 안에서 흘러나왔다. '자들은 한자도 배워불고 을매나 좋을까잉? 근디 서당에서는 워찌케 공부를 한디야?' 부럽기도 하고 궁금하기도 해서 골목 담벼락에 귀를 바짝 대고는 거지 선생님과 아이들의 말소리, 책 넘기는 소리를 한참 동안 들었다. 그러다 보니 갑자기 오기가 생겼다. '우리 집이 가난혀서 서당에는 못 댕기지만은 나도 꼭 배울거랑께. 돈 내고 배우는 느그들보다 나가 더 많이 배울랑께 나중에 두고 보드라고.'

며칠 뒤 시골 장터에 갔다가 한 귀퉁이에서 돈을 받고 토정비결을 봐주는 아저씨한테서 천자문 책을 샀다. 그걸 집으로 가져와 혼자 독학을 하는데, 누구 하나 가르쳐 주는 사람이 없어 막막하기만 했다. 하지만 어떻게든 배우겠다는 일념으로 그림을 그리듯 한자를 쓰면서 열심히 배우고 익혔다. 신문이나 책에서 내가 모르는 한자가 보이면 무조건 종이에 옮겨 적은 다음 집에 와서 옥편을 찾아가며 공부했다.

천자문을 다 뗀 후에는 1,300자 한자 책을, 그 다음에는 3,000자, 5,000자 책을 사다가 공부했다.

학교도 못 가고 우리 쌍둥이만 배움에서 소외되는 것 같아 내심 불안했다. 그래서 틈만 나면 학교 보내달라고 어머니를 졸랐더니 이렇게 약속하셨다.

"부지런히 풀 베서 소하고 염소 잘 키우그라. 그라믄 올해 안으로 꼭 보내준당께."

"알았어라."

어머니와의 약속을 지키기 위해 열심히 풀을 베 소와 염소를 돌봤다. 그러나 이런저런 사정으로 입학이 차일피일 미뤄지더니 결국 해를 넘기고 말았다. 다음 해에도 사정이 마찬가지여서 어머니는 또다시 입학을 후년으로 미루셨다. 이러다 영영 학교도 못 가보고 어른이 되는 건 아닐까?

이대로는 안 되겠다 싶었다. 어느 날 학교에 입학하는 친구 뒤를 무작정 따라가서 부모님 허락도 없이 입학을 했다. 일하느라 바빠서 가족 중 어느 누구도 와 보지 않았지만 우리 쌍둥이는 그렇게도 원하던 학교에 들어가서 너무나 기뻤다.

학교에서 공부하는 시간만큼은 힘들게 풀 베는 일을 안 해도 됐으니 마냥 좋았다. 편하게 의자에 앉아 선생님 말씀을 들으며 공부하고, 도시락을 까먹고, 친구들과 뛰놀수 있는 학교는 그 어떤 놀이동산보다도 짜릿하고 즐거운 곳이었다. 그러나 무엇보다도 좋았던 건

나만 못 배우고 뒤처지는 것 같은 소외감과 불안감에서 벗어났다는 사실이었다.

　부끄러운 이야기지만, 우리 가족 중에서 그나마 초등학교라도 다닌 건 우리 쌍둥이밖에 없다. 그 당시 우리 마을은 학구열이 지독히도 낮은 빈촌이어서 학교는커녕 글도 못 깨우친 사람들이 많았다. 초등학교 친구들도 적게는 한두 살에서 많게는 서너 살까지 나이 차이가 났다. 학교를 처음부터 끝까지 쭉 다니는 것도 쉽지 않았다. 저학년은 어떻게든 다니지만, 고학년이 되면 남자 아이들 다수가 학교를 그만두고 머슴살이를 갔고, 여자 아이들은 일찌감치 시집을 가기도 했다. 배움보다도 입에 풀칠하고 사는 것이 지상 과제였기 때문에, 겨우 이름 석 자만 배워 머슴살이를 나가면 뉘 집 자식인지 몰라도 최고 효자라며 자식 농사 잘 지었다고 칭찬이 자자했다.
　그때는 아이를 낳아도 절반 정도는 홍역이나 다른 질병으로 죽는 일이 흔했다. 그래서 '반타작이면 다행'이라는 말이 유행할 정도였다. 아이가 언제 죽을지 몰라 출생신고 개념도 없었다. 그러다 초등학교에 입학하게 되면 어쩔 수 없이 출생신고를 해야 했는데, 제 나이로 신고되는 경우도 있었지만 틀리게 신고되는 경우도 많았다. 심지어 형제의 나이가 뒤바뀌어 신고되는 경우도 있었다. 나 역시도 5일장에 나가는 동네 아저씨에게 출생신고를 해달라고 부탁했는데, 아저씨의 실수로 나이가 두 살이나 적게 신고되었다. 하지만 나중에 그 덕을 톡톡히 보게 돼서 그분께 감사할 따름이다.

우리 쌍둥이 형제는 학교에서 공부를 꽤 잘했다. 당시에 석차 순서대로 앉혀서 공부를 했는데, 키는 반에서 제일 작았어도 항상 맨 앞자리에 둘이 나란히 앉아서 수업을 들었다. 학교에 찾아온 학부형들이 교실 뒤편에서 우리 쪽을 보며 "저 앞에 나란히 앉은 쌍둥이들이 공부를 제일 잘 한다대?"하고 수군거리곤 했다.

초등학교 1학년을 마칠 무렵, 담임 선생님이 내일 우등 상장을 받을 아이들 이름을 불러주셨다. 거기에는 우리 쌍둥이 이름도 분명히 들어있었다. 집에 돌아와 우등 상장을 받을 거라고 큰 형님 앞에서 자랑했다.

그런데 정작 다음 날 선생님이 우리에게 상장을 주시지 않았다. 선생님이 밉기도 하고 상장을 안 주신 이유가 궁금하기도 했지만 그렇다고 따져 물을 순 없었다. 서운한 마음을 안고 빈손으로 집에 돌아왔더니 큰형님이 우리를 기다리고 있었다. 형님은 매를 들어 우리를 호되게 야단치고는 밖으로 내쫓아 버렸다. 상장을 못 받아서 화가 난 건지, 아니면 우리가 거짓말을 했다고 생각해서 화가 난 건지 잘은 몰랐지만 우리 쌍둥이는 이래저래 억울할 뿐이었다.

그 뒤로 다음에는 무슨 일이 있어도 우등 상장을 받으리라 다짐하며 열심히 공부했다. 그 덕분에 초등학교를 졸업할 때까지 매년 우등상을 받았고, 일제고사를 보기만 하면 우리 쌍둥이가 상을 모조리 휩쓸었다. 비록 집은 제일 가난했어도 고학년이 되면서부터 나는 반장과 전교회장, 동생은 서기를 도맡으며 학교에서 제일가는 우등생이 되었다.

되돌릴 수 없기에 더 아름다운

지금은 웰빙이니 뭐니 하며 보리밥과 잡곡밥을 찾아 다니지만 그때만해도 쌀밥이 최고였다. 그러나 부잣집 아니고서는 쌀밥을 마음껏 먹을 수가 없었다. 아버지가 추수철에 잘 사는 집 벼를 날라다 주는 일을 나가면 거기 따라가서 점심과 저녁으로 쌀밥을 얻어먹었다. 입안에서 사르르 녹는 흰 쌀밥이 어찌나 달고 맛있었던지. 아버지가 다음에도 부잣집으로 일 나가게 해달라고 빌었다.

쌀밥은커녕 보리밥이라도 배불리 먹을 수 있으면 다행이었던 그 시절, 우리 집은 보리밥 세 끼를 다 챙겨 먹기도 힘들어 점심을 건너뛸 때가 많았다. 저녁을 먹으려면 아직도 한참 남았는데 슬슬 배가 고프기 시작하면 친구들과 함께 산에 가서 송쿠_{소나무 새순 안에 있는 부드러운 속}

껍질를 먹거나 고구마로 주린 뱃속을 달랬다. 그러다 저녁이 돼서 고픈 배를 안고 집으로 달려가면 구수한 밥 냄새가 우리를 반겼다. 어머니는 밥의 양을 늘리려고 무채를 섞어 밥을 지었다. 갓 지은 따끈한 무채 밥에 조선간장을 넣어 슥슥 비벼먹으면 그 맛이 기가 막혔다.

초등학교 4학년부터는 오전 뿐 아니라 오후에도 수업이 있어서 도시락을 싸가야 했다. 당연히 우리 쌍둥이들의 도시락은 늘 보리밥으로 채워졌다. 반찬이라고 해봐야 고추장에 된장을 섞은 것 아니면 김치나 깍두기 몇 조각이 전부였다. 윤기 나고 하얀 쌀밥에 달걀부침이 든 부잣집 친구들의 도시락에 비하면 말도 못 하게 초라해서 차마 내놓기가 부끄러웠다. 그래서 늘 혼자 돌아앉아서 도시락을 감춘 채 밥을 먹었다. 어느 날인가 부잣집 친구 하나가 눌린 밥을 말려서 기름에 튀긴 것을 싸왔는데 고소한 냄새가 교실 가득 퍼지면서 침이 꼴깍 넘어갔다. 어떻게든 사나이 자존심을 지키고 싶었지만 눌린 밥 튀김이 먹고 싶어 견딜 수가 없었다. 적성에도 안 맞는 아양을 떨고 아부를 하며 겨우 한 조각 얻어먹었는데 그때 그 친구가 얼마나 부러웠던지.

먹을거리는 물론 입을 것도 변변치 않았던 그 시절, 설날이면 부잣집 아이들은 근사한 새 옷과 새 신발을 신었지만 가난한 우리 집은 그럴 여유가 없었다. 목화씨로 실을 뽑고 베를 짜서 검정 물을 들인 다음 재봉틀이 있는 이웃 동네 부잣집으로 가서 돈 몇 푼을 주거나 다음에 일을 해서 품으로 갚기로 하고 설날에 입을 때때옷을 겨우 지

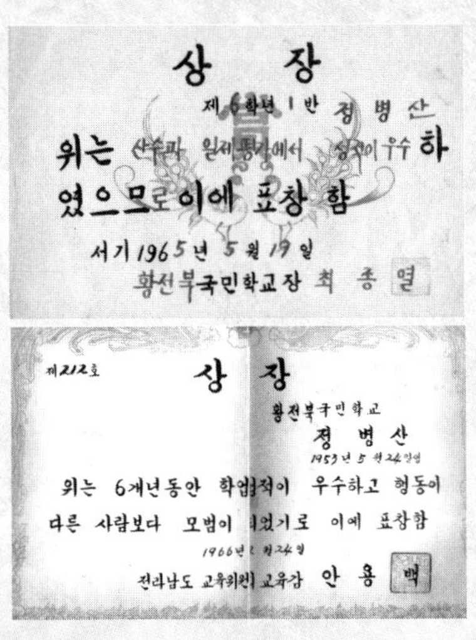

초등학교를 졸업할 때까지 매년 우등상을 받았고,
일제고사를 보기만 하면 나와 쌍둥이 동생 병윤이가 상을 휩쓸었다.
비록 집은 제일 가난했어도 고학년이 되면서부터 나는 반장과 전교회장,
동생은 서기를 도맡으며 학교에서 제일가는 우등생이 되었다.

어서 입었다.

어쩌다 여유가 생겨 설날 아침에 신으라고 어머니가 양말 한 켤레를 사오시면 좋아서 어쩔 줄 몰랐다. 낡아빠진 검정 고무신에 양말을 신는 것은 돼지 목에 진주 목걸이나 다름없었는데, 고무신의 밑바닥이 닳을대로 닳아서 툭하면 물이 샜고 양말을 신어봤자 젖을 수밖에 없었다. 그래서 추운 겨울 말고는 아예 양말을 신지 않았다. 우리에겐 일종의 사치품에 가까운 양말을 선물 받으면 수십 번도 넘게 신었다 벗었다 하며 시간 가는 줄 몰랐다.

그때 우리 쌍둥이는 가방도 없어서 보자기로 책을 싼 다음 허리에 매거나 어깨에 대각선으로 둘러메고 다녔다. 그러다 보면 잘 깎아서 필통 속에 고이 넣어둔 연필이 모두 부러지기 일쑤였다. 도시락에 싼 김칫국물이 흘러 책과 보자기를 벌겋게 적시면 냄새가 진동하기도 했다. 겨울이 되면 집에서 나무를 해 한쪽 손에는 책보자기를 들고, 다른 한쪽 어깨에는 교실 난로에 땔 장작개비 묶음을 둘러메고 다녔다. 그때 난로에 얹어서 눌려먹던 도시락 맛은 지금도 잊을 수가 없다.

학교가 파하면 여름에는 발가벗고 개울물에 뛰어들어 물장구를 치며 멱을 감았다. 겨울이 되면 학교 가는 길목 풀섶에 감춰 두었던 언 고구마를 꺼내 먹었다. 지금은 구경하기도 힘든 굴렁쇠가 그때는 상당히 인기 있는 장난감이었다. 굴렁쇠를 학교에 가지고 다니며 동무들과 가위바위보를 해 이긴 사람이 먼저 굴렁쇠를 잡고 달려가면 그 뒤를 다른 아이들이 따라갔다. 그러다 굴렁쇠가 넘어지면 다시 가위바위보를 해 또 다른 승자가 굴렁쇠를 굴리며 앞장섰다.

　어린 시절에 비하면 지금은 모든 것이 너무도 풍족하다. 그러나 행복이란 물질적 풍요에 비례하는 것만은 아닌 것 같다. 찢어지게 가난했어도 사람들 사이에 따뜻한 정情이 넘쳤던 그 시절. 이제는 되돌릴 수 없기에 더 애틋하고 아름답게 느껴진다.

중학교 진학은 그림의 떡

6학년 졸업반이 되자 학생들은 진학반과 비진학반으로 나누어졌다. 중학교를 목표로 한 진학반은 방과 후에 남아서 보충수업을 받았다. 우리 집에서는 쌍둥이가 이름 석 자 알고 졸업하면 된다고 생각했기 때문에 중학교는 안중에도 없었다. 하루빨리 깔담살이부터 시작해 부지런히 돈을 벌어 가난을 벗어났으면 하고 바라는 눈치였다. 그래서 우리는 진학반은 엄두도 못 내고 비진학반에 들어갔다. 그러자 6학년 때 담임이었던 조성용 선생님이 우리를 부르셨다.

"너희들은 공부도 잘 하면서 왜 진학을 안 하려는 거냐?"

"집이 어려워 갖고 진학할 형편이 안 된당께요."

그 말을 들은 선생님 얼굴에는 수심이 가득했다.

며칠 후 학교에서 수학여행을 가게 되었다. 매년 여수 오동도로 수학여행을 가곤 했는데 이번에는 특별히 광주로 간다고 했다. 나와 동생도 가고 싶었지만 여행비를 낼 처지가 못 돼 일찌감치 마음을 접었다. 그런데 조성용 선생님이 우리 여행비를 대신 내주셨다. 그때 선생님이 얼마나 고맙고 황송했는지 모른다. 수학여행 떠나던 전날 밤, 선변에 있는 선생님 댁에서 자고 새벽에 일찍 떠나기로 했다. 선생님 집은 흙벽으로 대충 세운 우리 집에 비하면 대궐 같았다. 잠자리에 든 우리는 수학여행에 대한 기대로 한껏 들떠서 거의 뜬눈으로 밤을 새웠다.

그런데 수학여행에서 돌아온 후 선생님이 우리를 불렀다.

"너희들 내일부터 진학반에서 공부해라."

"지들은 중핵교 갈 형편이 못 된다고 말씀드렸는디요."

"그렇다고 포기하긴 아깝잖냐. 일단 시험이라도 쳐 보게 진학반 들어가서 공부해. 다른 걱정 말고 선생님이 시키는대로만 해."

앞으로 어떻게 될지는 몰랐지만 선생님이 시키는 대로 열심히 공부했다. 그러다 보니 막연한 기대와 함께 잘될지도 모른다는 희망이 생겨났다. 진학반으로 옮겨 방과 후에 남아서 공부를 하게 되자 귀가 시간이 평소보다 늦어질 수밖에 없었다. 그러자 집에서는 왜 이리 늦게 오냐고 야단이었다.

"다른 집 아들은 싸게싸게 와서 소 풀도 베고 집안일도 돕는디. 니들은 머땀시 맨날 늦냐?"

초등학교 6학년 때 담임이셨던 조성용 선생님은
우리 쌍둥이의 안타까운 사정에 마음 아파하며
물심양면으로 많은 도움을 주셨다.
(맨 왼쪽이 조성용 선생님, 그 다음이 필자,
그리고 쌍둥이 동생 병윤이다.)

진학 공부를 한다고 사실대로 말할 엄두가 안 나 그저 묵묵히 꾸중을 들을 뿐이었다.

그런데 더 큰 난관이 우리를 가로막았다. 진학 시험을 보려면 사진비와 얼마간의 비용이 필요하다는 거였다. 부모님께 그 돈을 달라고 할 수는 없는 일. 한참을 걱정하다가 꾀를 내었다. 쌀과 보리를 동냥해서 모은 다음에 팔면 돈을 얼추 마련할 수 있지 않을까?

다음 날부터 하교 길에 부잣집에 들어가 쌀이나 보리쌀 좀 달라고 동냥을 했다. 인심 좋은 집은 곡식을 내주기도 했지만 어떤 집은 문전박대를 하며 쫓아냈다. 그러다 덩치가 산만한 개에게 쫓겨 눈썹이 휘날리도록 도망친 적도 있었다. 그렇게 며칠을 돌아다니며 쌀, 보리를 모았건만 진학 시험비를 마련하기엔 턱도 없었다. 도저히 안 될 것 같아 포기하기로 하고 선생님을 찾아가 이렇게 말했다.

"집에서 그라는디요, 어차피 진학도 못할 거 시험은 봐서 뭐하냐고 하대요. 되도 않는 공부한다고 맥없이 힘 빼지 말라네요."

"일단 시험은 봐두라니까. 진학할 수 있을지 없을지는 나중에 생각하자."

"집에서 시험비도 안 주는디 무슨 수로 시험을 본다요?"

"그건 선생님이 알아서 할 테니까 걱정 마라."

"아이고, 아니어라 선상님. 저번에도 수학여행비 내주셨는디. 죄송혀서 더는 안 되지라."

"너희들도 너희들이지만 무엇보다 내가 평가받고 싶어서 그래. 너희들을 잘 가르쳤는지 못 가르쳤는지 이번 시험을 통해서 나도 평가

받고 싶다. 그러니 돈 걱정 말고 공부나 열심히 해. 알았냐?"

선생님이 그렇게 말씀하시니 어쩔 도리가 없었다. 집에 와 선생님 말씀을 전하며 중학교 진학 시험을 치르겠다고 말씀드렸다. 그러자 어머니가 반대하셨다.

"시험쳤다가 덜컥 붙으면 워쩔겨? 붙어 놓고도 중핵교를 못 가면 느그들 맴이 을매나 아플 것이냐? 그랑께 차라리 시험을 보지 말어야."

그 말씀에 마음을 접으려 했으나, 선생님이 적극적으로 나서서 시험 준비를 하게 하셨다. 결국 천신만고 끝에 순천 시내에 있는 매산중학교의 진학 시험을 치렀다.

얼마 후 합격자 발표 날이 다가왔다. 선생님이 우리를 불러 매산중학교에 같이 가자고 하셨다. 그러나 나는 차마 발이 떨어지지 않았다.

"지는 안 갈라요."

"아니 왜?"

"떨어져도 맴 상하고, 붙어도 맴 상하고, 안 가고 싶어라. 거기 갈 차비도 없고요…."

"그래도 가서 확인을 해봐야지."

선생님이 차비를 내주셔서 매산중학교에 갔다. 선생님은 벽에 붙어 있는 합격자 명단을 죽 훑어보셨다. 붙었어도 걱정이지만 혹시 떨어졌으면 어떡하나? 가슴이 벌렁거려 명단을 차마 볼 수가 없었다. 잠시 후 선생님이 소리를 지르셨다.

"어? 너희들 이름 여기 있다."

선생님은 자기 자신이 시험에 붙은 양 기뻐하셨다. 그러나 진학을 못 하는 안타까운 현실이 떠올랐는지 금새 얼굴이 어두워지셨다. 막상 붙었다고 하자 어머니 말씀대로 더 속이 상했다.

"차라리 똑 떨어져불지 왜 붙었는가 모르겠네…."

화풀이라도 하듯 땅바닥을 툭툭 차는데 눈물이 핑 돌았다. 코끝이 시릴만큼 찬 바람이 불던 그 날, 선생님은 교정의 벤치로 우리를 데려가 양 무릎에 앉히고는 달래주셨다.

"시험에 합격했는데도 진학을 못 하니 속상하지? 선생님도 맘이 아프다."

"그래도 시험까지 쳐봤응께 후회는 없어라. 이게 다 선생님 덕이어요."

"이 은혜, 평생 잊지 않겠어라."

"은혜는 무슨. 선생님이 조금만 여유가 있어도 너희들을 진학시킬 텐데. 도움이 못 돼서 미안하다…."

우리를 달래던 선생님마저 끝내는 눈물을 보이셨다. 그 시절 내 마음을 한없이 울렸던, 노랗게 빛바랜 순천 매산중학교의 합격증은 지금도 보물처럼 소중하게 간직하고 있다.

내 생에 하나뿐인 졸업장

돈이 없어 중학교에도 진학할 수 없었던 우리는 초등학교 졸업을 두어 달 앞두고 졸업비를 낼 형편도 못 됐다. 집에서는 어차피 중학교도 못 갈 바에야 초등학교 졸업장이 무슨 소용이냐며 학교에 가지 말라고 했다. 자포자기의 심정으로 학교를 그만둔다는 말도 없이 무단결석을 하고는 열심히 땔나무를 하러 다녔다.

학교를 그만둔 지 1주일 정도 지났을까? 같은 반 친구들이 집으로 찾아왔다.

"병산아! 병윤아! 선상님이 느그들 학교에 꼭 데리고 나오라드라."

우리가 선생님의 기대를 저버린 것 같아 괜스레 죄송한 마음이 들었다. 그때 어머니가 나와서 말씀하셨다.

"쌍둥이 학교 그만 다닌다고 말씀드려라. 핵교 댕겨서 지 이름 석
자 배웠으면 됐지 뭘 더 바래야."

"그래도 나와서 졸업장 받으라고 하셨는디요."

"그깟 종이 쪼가리 받는다고 밥이 나오냐 쌀이 나오냐? 됐어야."

그로부터 열흘 뒤, 나무를 하고 집에 돌아와 보니 어머니께서 이
렇게 말씀하셨다.

"느그 선상님이 집에 댕겨가셨다. 내일은 꼭 핵교에 나오라고 하
니께 한번 나가봐라."

선생님을 뵐 면목이 없었지만 할 수 없이 다음 날 학교에 갔다. 수
업을 마친 후 아이들이 집으로 돌아가고 나자 선생님이 우리를 교무
실로 조용히 부르셨다.

"너희들 집이 그렇게까지 어려운 줄 몰랐다."

그러더니 우리 손에 돈을 쥐어주셨다.

"이거 너희들 졸업비다. 내가 줬다는 말 절대 하지 말고, 집에서
가져온 것처럼 내일 쉬는 시간에 나한테 내. 알았지?"

너무 고맙고 부끄러워서 말이 나오지 않았다. 선생님이 졸업비를
주셨다고 말씀드렸더니 어머니는 한동안 아무 말씀이 없으시다가 한
숨을 푹 쉬며 중얼거리셨다.

"가난이 웬수다, 웬수여."

다음 날 학교에 갔다. 쉬는 시간이 되자 선생님께서 졸업비를 내
라고 하셨다. 우리 쌍둥이는 민망하고 부끄러운 마음에 서로 먼저 나
가라고 등을 떠밀며 한참을 망설였다. 그러자 선생님이 은근히 눈치

를 주며 재촉하셨다. 귀까지 빨개진 채 쭈뼛거리며 앞으로 나가 교단 위에 돈을 올려놓고는 후다닥 제자리로 돌아왔다.

1966년 2월 11일, 돈 몇 푼이 없어 졸업도 못할 뻔한 우리는 조성용 선생님 덕분에 졸업식에 참석했다. 6년 내내 일등을 도맡으며 초등학교를 수석으로 졸업한 나는 도 교육감상과 함께 부상으로 최신 국어사전을 받았다. 졸업장을 쓰다듬으며 "♪빛나는 졸업장을 타신 언니께 꽃다발을 한 아름 선사합니다~"라는 졸업식 노래를 듣고 있자니 목구멍에서 뭔가 뜨거운 것이 치밀었다. 잠시 후 선생님이 다가와 어깨를 토닥여주셨다.

"국민(초등)학교 졸업장이라도 받아야 어디 가서 국졸이라고 당당하게 말할 수 있지, 이것마저도 없으면 완전히 무학 아니냐. 돈 주고도 살 수 없는 거니까 소중하게 간직해. 그리고 나중에 사정이 허락하면 중학교에 꼭 들어가야 한다."

제자의 안타까운 사정에 마음 아파하며 물심양면으로 많은 도움을 주신 조성용 선생님. 내 생에 잊을 수 없는 고마운 은사님께 이 책의 지면을 빌어 다시 한 번 감사의 인사를 드린다.

마지막 비상구, 서울을 향하여

초등학교도 졸업했으니 이제는 본격적으로 밥벌이를 해야 했다. 아버지가 연로하신 관계로 올해까지만 남의집살이를 하고 집에 들어오기로 되어 있었다. 그러니 이제는 자식인 우리가 아버지의 뒤를 이어 머슴살이를 할 수밖에.

동생 병윤이는 나만큼이나, 아니 나보다도 더 공부를 잘 했지만 머슴살이에 대한 거부감이 나처럼 크지는 않았던 것 같다. 그러나 나는 일 나가는 걸 차일피일 미루고는 풀을 벤다는 핑계를 대고 이 산 저 산, 이 골짜기 저 골짜기를 정처없이 헤매었다.

학교 다닐 때는 공부를 잘해서 선생님들의 귀여움과 친구들의 부러움을 독차지했었는데, 결국은 남의 집 머슴살이나 해야 하다니. 내 신세가 너무 처량한 것 같아 마음이 뒤숭숭하고 일이 손에 잡히지 않았다. 머릿속이 오만 가지 생각으로 복잡했다. '국민핵교를 수석으로 졸업하고, 순천에 있는 일류 중핵교 입학시험에 합격하면 뭐한다냐. 결국 다 소용없는디. 역시 사람은 돈이 있어야 한당께. 돈 있는 부모 만난 아그들은 나보다 공부 못혀도 중핵교만 잘 가고. 참말로 속상하구마잉.' 하는 생각에 부모님이 원망스러웠다.

그러나 효성 지극한 아버지의 피를 물려받은 탓인지 그런 생각을 했다는 사실만으로도 마음이 편치 않고 죄책감이 들었다. 부모를 탓하다니 못난 놈이라는 자괴감도 들었다. '성님들은 다 무학인디 나는 국민핵교 졸업장이라도 받았응께 불행 중 다행인겨. 아부지, 어무이도 없는 천애 고아도 있는디, 그래도 나는 내 생각 해주는 부모님이 있잖여.'

그 무렵 순천 시내나 구례읍에 있는 중학교에 다니는 학생들이 주말이면 우리 동네 앞 신작로를 거쳐서 지나가곤 했다. 토요일 오후가 되면 삼삼오오 떼를 지어 집에 다니러 신작로를 걸어 올라갔다가 일요일 오후에는 다시 학교에 가기 위해 신작로를 내려와 기차역으로 갔다. 빳빳하게 풀 먹인 교복을 폼나게 입고 학교에 가는 그 모습이 얼마나 멋있고 또 부러웠던지. 나도 그들처럼 교복을 입고, 가방을 들고 학교에 다니고 싶은데 그럴 수 없는 현실이 답답해 미칠 것만 같았다. 초라한 내 신세가 가엾어서 가슴이 찢어지는 듯했다. '자들은 저렇게 재미나게 핵교 댕기는디 나는 구질구질한 지게나 짊어지고 머슴 노릇이나 하고. 세상 참 불공평하구마잉.' 먼발치에서 그들을 바라보는 것조차 괴로웠다. 눈에서 안 보이면 그나마 낫겠지 싶어 주말이 되면 깊은 산속에 들어가 정신없이 풀을 베고 나무를 했다. 하지만 쓰라린 마음을 무엇으로도 달랠 수 없었다.

그러던 어느 날, 어떤 아저씨가 내 얘기를 듣고는 우리 집에 찾아 와 이렇게 말씀하셨다.

"병산이 니가 공부를 허벌나게 잘했담서야? 근디 요로코롬 핵교 도 못 가고 지게나 지고 다녀서 워쩌냐잉."

"……."

"중핵교 못 갔다고 기죽을 거 없어야. 맴만 있으면 얼마든지 공부 할 수 있당께."

"밥벌이 해야지 공부할 시간이 어딨다고요."

"그런 말 말어야. 그 머시냐… 뜻이 있는 곳에 길이 있다고 안 허 냐."

"……."

"그래서 말인디… 니 이발 한 번 배워봐라."

"예? 이발이요?"

"그려. 그거이 노동 일하고는 틀려서 몸이 그렇게 힘들지는 않어 야. 그래서 낮에는 이발 기술 배우고 밤에는 니 좋아하는 공부할 수 있당께."

"정말이어라?"

"그려. 우리 동네에 니가 일할 만한 이발소가 있응께 가봐. 내가 주인한테 말 잘해놨으니께.”

　아무래도 머슴살이보다는 이발사가 나을 듯했다. 무엇보다도 공부를 할 수 있다는 말에 귀가 솔깃해졌다. 며칠을 고민한 끝에 이발 일을 하기로 마음먹고 아저씨가 말한 이발소가 있는 ‘신기’란 동네로 갔다. 나무 의자 하나 놓고 주인 아저씨 혼자 일하는 초라한 시골 이발소였는데 보조가 필요하다며 나를 반겼다. 여기서 착실히 이발 기술을 배우며 밥벌이도 하고 공부도 하면 되지 않을까? 그럼 나에게도 희망이 있지 않을까?

　그런데 예상치 못한 난관에 부딪쳤다. 주말이 되자 내 또래의 중학생과 고등학생들이 우르르 몰려들었다. 이발소가 길가에 있다 보니 주말마다 집에 다니러 오는 학생들이 이곳에 들러 머리를 깎곤 하는 모양이었다. 멀리서 교복 입은 모습만 봐도 부러워서 미칠 지경이었는데, 학생들이 이발 순서를 기다리며 학교에서 있었던 일을 신나게 떠들어대자 부럽고 샘이 나서 견딜 수가 없었다.

　“중핵교는 뭐가 달라도 달라야. 선상님들도 겁나게 똑똑해불고, 수업시간에 배우는 것도 상당히 어렵지 않냐?”

　“맞어. 미리미리 예습 안 해가면 따라가기 힘들겄어야.”

　“얼마 안 있으면 시험인디 다같이 모여서 공부하면 워쪄?”

　“좋지. 공부하다 출출하면 감자도 쪄 먹고.”

　그때 내게 머리를 맡기고 있던 학생이 인상을 찌푸렸다.

　“아프당께! 좀 살살혀라, 살살.”

“알았어라.”

속이 상해서 나도 모르게 머리를 세게 감겼던 모양이었다. 자존심도 상하고 내 신세가 처량해 눈물이 나려고 했다. 일 자체는 그렇게 힘들지 않았지만, 학생들을 상대하는 게 심적으로 힘들었다.

그나마 생판 모르는 학생들은 나았다. 그 다음 주말이 되자 초등학교를 같이 다녔던 친구들이 중학생이 되어 이발을 하러 왔다.

“어라? 너 병산이 아니여?”

“어, 어….”

“머슴 살러 간다고 들었는디, 여서 일허냐?”

“…어.”

“어쨌든간에 만나서 반갑다잉.”

괴로운 마음에 도저히 일을 계속할 수 없어 주인아저씨에게 그만둔다는 말도 없이 몰래 집으로 돌아왔다. 집에서는 왜 돌아왔냐고 야단이었다.

“이발 기술을 배우믄 지게질 안 허고 편히 살 수 있는디, 머땀시 그만두고 온겨?”

“…그럴 사정이 있당께.”

“사정은 무신 사정? 굴러들어온 복을 발로 차도 유분수지. 자가 언제쯤 정신차릴까 모르겠다.”

차라리 아무도 모르는 먼 동네로 가서 남의집살이를 하는 게 낫겠다 싶었다.

“다른 일자리 알아볼랑게 걱정하지 마셔라.”

일자리를 알아본다고 말만 하고는 차일피일 미루며 며칠을 빈둥거렸다. 그러다 보니 집에 눈치도 보이고 더 비참한 생각이 들었다. 이대로는 안 될 것 같았고, 뭔가 돌파구가 필요했다. 그때 무슨 이유에선지 몰라도 갑자기 서울이 생각났다.

"서울은 사람도 많고 일자리도 많다는디 나 하나쯤 비비고 살 수 있지 않겠어? 어차피 여기서 이렇게 살다 죽으나 서울 가서 죽으나 죽기는 매한가지여. 혹시 또 알어? 거기 가면 생각지도 못한 좋은 일이 있을지. 어디서 귀인이 나타나 나를 공부시켜 줄지도 모르는 일이잖여." 허무맹랑한 환상과 막연한 기대감이 나를 사로잡았다. 이 지긋지긋한 두메산골을 벗어나 서울로 가는 것만이 살 길이었다.

가출을 결심하고 기회를 엿보던 중, 어느 날 부모님들이 일을 나가 집에 아무도 없게 됐다. 이때다 싶었다. 초등학교 졸업 때 도 교육감상 부상으로 받았던 최신 국어사전과 옥편과 집에서 보던 책 몇 권을 보자기에 싸들고는 집을 나왔다. 누가 쫓아오지도 않는데 잰걸음으로 마을을 빠져나오다 문득 집 쪽을 돌아보았다. '온다간다 말도 없이 요로코롬 집을 나가면 어무이가 을매나 걱정하실까잉? 나가 이래도 되는가 모르겠다.' 그러나 부모님이 서울행을 허락하실 리는 만무하고, 다른 선택이 없었다.

8km가 넘는 먼 길을 걸어 내구라는 간이역으로 갔다. 역 부근에서 그럭저럭 시간을 보내다 보니 열차가 들어올 시간이 가까워졌다. 주머니에 땡전 한 푼 없어 도둑기차를 탈 수밖에 없었다. 기찻길 옆

언덕배기로 가서 개구리처럼 바짝 엎드렸다. 잠시 후 시커먼 기차가 칙칙폭폭 소리를 내며 역사도 없는 내구역으로 들어오는 게 보였다. 기차가 서자 경찰 모자 비슷한 것을 쓴 여객원이 나와서는 기차를 타는 손님들의 표를 가위 같은 것으로 잘라 검표했다. 여객원이 내 쪽으로부터 시선을 돌려 딴 데 보는 사이, 잽싸게 열차 문을 붙잡고 올라탔다. 차표를 끊지 않았기 때문에 여객원 눈에 띄지 않도록 화장실에 몰래 들어가 안에서 문을 걸어 잠갔다. 얼마 후 기차가 칙칙폭폭 소리를 내며 역을 떠나기 시작했다. 돈이 없어 도둑열차를 타긴 했어도, 들키지만 않으면 무사히 서울에 갈 수 있다는 생각에 가슴이 한껏 부풀었다.

그런데 얼마 안 있어 누군가 화장실 문을 똑똑 두드렸다. 겁이 나서 심장이 콩닥콩닥 뛰었다. 당황해서 가만히 있었더니 더 크게 문을 두드리며 "안에 누구 있어요?"하는 말소리가 들렸다. 헛기침을 하며 안에 사람이 있다는 신호를 보내자 옆 칸으로 들어가는 소리가 들렸다.

행여나 들킬까 걱정하면서도 규칙적인 열차 흔들림에 몸을 맡기고 있자니 스르르 잠이 왔다. 불안한 마음에 자다 깨다를 반복하면서 과연 서울은 어떤 모습일까 상상했다.

그런데 언제부턴가 열차가 움직이지 않고 바깥이 너무나 조용해 이상한 생각이 들었다. 화장실 문을 슬그머니 열고 바깥을 내다 보니 열차 안에 사람이 하나도 없이 텅 비어 있었다. 여기가 어딜까 두리번 거리며 유리창 너머를 보는데 '서울역'이라고 쓰여진 아치형의 커다란 간판이 보였다. 서울역, 말로만 듣던 서울에 드디어 도착한 것이다. 차창 밖으로 보이는 서울 풍경은 시골과는 차원이 달랐다. 하늘 색깔도 다르고 공기도 다른 별천지 같았다.

그런데 열차에서 내릴 일이 걱정이었다. 도둑차를 탔기에 개찰구로 나갔다가는 걸릴 게 틀림없었다. 이리저리 눈치를 보는데 역사 한쪽의 울타리로 리어카 짐꾼 몇몇이 들락날락하는 게 보였다. 그 사람들 틈에 묻어서 나가면 되지 않을까? 여객원들이 한눈파는 사이 리어카 짐꾼 옆에 몸을 숨기며 잽싸게 달려 나갔다. 그런데 그런 나를 여객원이 봤는지 등 뒤에서 "저놈 잡아라!"하고 고함을 치며 쫓아오기 시작했다. 잡히면 죽는다는 생각에 젖 먹던 힘을 다해 울타리 밖으로 뛰어나갔다. 붐비는 행인들 사이로 숨어버리자 쫓아오던 여객원이 포기하고 돌아서는 게 보였다.

안도의 한숨을 쉬며 주위를 둘러보았다. 두메산골 촌놈이 마침내 서울 땅을 밟았다는 사실에 가슴이 두근거렸다.

연서기 되는 책이 어시당가요?

중학교, 고등학교 멀쩡히 나오고 대학까지 졸업한 사람도 공무원 시험에

떨어지는 경우가 있다는데, 하물며 초등학교밖에 안 나온 내가

쉽게 시험에 붙으리라곤 생각 안 했다.

그러나 한두 번도 아니고 몇 번을 내리 떨어지자

낙방의 쓰라림과 좌절감에 휘청거렸다.

그렇게 여러 번 떨어지면 내성이 생겨 덜 속상할 줄 알았는데 그렇지도 않았다.

독수리처럼 날 수 없거든 걸어서 산에 오르라.

내 꿈은 화이트칼라

일단 서울 입성에는 성공했지만, 오라는 데도 없고 갈 데도 없는 처지라 사막 한가운데 떨어진 것처럼 막막했다. 집에서 나올 때부터 밥 한 술 못 뜨고 나온 터라 뱃속에서 피가 날 것처럼 배가 고팠다. 딴 생각에 열중하면 배고픔이 잊혀질 것 같아 서울 도심을 걸어다니며 지나가는 사람들을 쳐다보고 건물과 버스와 자동차들을 구경했다. 엄청나게 높고 으리으리한 건물 꼭대기에 '아이디알 미싱', '드레스 미싱' 등의 오색찬란한 네온사인이 바느질하는 모습으로 반짝거리는 게 너무나 신기해서 한참을 넋 놓고 쳐다보았다.

잠시 후 날이 저물고 날씨가 제법 쌀쌀해졌다. 이럴 줄 알았으면 좀 두꺼운 옷을 입고 나오는 건데. 길바닥에서 잘 순 없어 어느 골목의 건물 밑에 쭈그리고 앉은 채 하룻밤을 보냈다. 날이 밝아 사람들이 다니기 시작하자 건물 밑에서 나와 또다시 정처 없이 이곳저곳을 헤맸다. 배가 고파 죽을 것 같았다. 맛있는 냄새에 끌려 나도 모르게 식당 앞까지 갔지만 밥 좀 달라는 소리가 목구멍까지 나왔다 들어가기를 수차례. 숫기 없는 전라도 촌놈이라 그런지 도저히 입이 떨어지지 않았다.

고픈 배를 안고 다시 거리를 서성였지만 바쁜 걸음걸이로 주위를 스쳐 지나가는 서울 사람들의 얼굴은 무관심하고 냉랭했다. 따뜻한 동정의 눈길로 나를 봐주는 사람은 눈을 씻고 찾아봐도 없었다. '참말로 인정머리 없네잉. 여그서는 남한테 눈길 한 번 안 주고 바쁘게 싸돌아댕겨야 먹고살 수 있는갑다.'

며칠을 내리 굶어 기운이 하나도 없는 상태라 책보자기가 천근만근이었다. 어깨에 메고 다니기가 힘에 부쳐 땅에 끌다시피 하며 거리를 배회했다. 그때 40대 초반으로 보이는 웬 아저씨가 나를 아래위로 훑어보더니 말을 걸었다.

"학생. 보따리가 무거워 보이는데 좀 들어줄까?"

"아이고, 아니어라."

"힘들어 보이는데 이리 줘."

아저씨는 내가 사양하는데도 보자기를 낚아채 들어주었다. '오메, 서울 사람이라고 다 야박한 건 아니구마잉. 참말로 친절한 사람도 있구마잉.' 아저씨에게 보자기를 맡긴 채 한참을 따라갔다. 그러다 신세계백화점 앞에 이르자 아저씨가 멈춰섰다.

서울에 갓 상경했을 때 웅장한 서울역사와 시골에서는
구경하기도 힘든 버스와 자동차를 보며 마냥 신기했다.

"아이고, 편지 부치는 걸 깜빡했네. 학생, 내가 저 육교 건너 우체국에 가서 편지 좀 부치고 올게 여기서 잠깐만 기다려."

아저씨는 보따리를 든 채 육교를 건너 백화점 맞은편의 중앙우체국으로 갔다. 그런데 한참을 기다려도 아저씨가 나오질 않았다. 무슨 일인가 싶어서 따라 들어갔다. 사람들로 북적거리는 우체국 안을 샅샅이 뒤졌지만 아저씨의 모습은 어디에도 보이지 않았다. 구석에 앉아 아저씨를 기다리기로 했다. 이게 무슨 일인가 싶어 고개를 갸웃거리는데, 어느 순간 머리가 띵해지며 당했다는 생각이 들었다. 아마도 그 아저씨는 어리버리한 촌놈이 돈 보따리라도 싸들고 집을 나온 줄 알고는 그걸 가로채려고 했던 모양이다. 보자기 속에 돈이 아니라 국어사전과 옥편이 든 걸 보고 얼마나 실망했을까? 하지만 그 사전과 옥편은 내 전 재산이고, 무엇과도 바꿀 수 없는 소중한 물건인데. 안타까운 마음에 지독한 배고픔마저 잠시 잊었다. "서울은 눈 뜨고도 코 베가는 데랑께."하던 어른들의 말이 그제서야 실감났다.

쌀 한 톨도 못 먹고 거리를 헤맨 지 나흘이 지났을까? 걸어다닐 힘도 없었지만, 가만히 있으면 배고픔이 더 심하게 느껴져서 견딜 수가 없었다. 발을 질질 끌며 거리를 걷다가 공사장 앞을 지나려는데, 수돗물이 펑펑 쏟아지는 게 보였다. 물이라도 마시면 좀 살 것 같았다. 그런데 서울에서는 물도 돈 내고 사 먹는 게 아닐까? 돈도 없으면서 인부로 보이는 아저씨를 붙잡고는 이렇게 물었다.

"아저씨! 저 물 파는 거에요?"

아저씨는 별 희한한 놈 다 본다는 듯 나를 내려다보았다.

"야, 이놈아! 세상에 누가 물을 판다냐?"

"그럼 저 물 양껏 마실 수 있다요?"

"아, 그렇다니까. 가서 배 터지게 마셔봐라. 말릴 사람 아무도 없으니까."

인부 아저씨 말대로 배가 터지도록 물을 마셨다. 그러자 정말로 살 것 같았고 기운이 났다. 공사장을 나와 어디 일할 곳이 없을까 막연히 생각하면서 발길 닿는 대로 돌아다녔다. 그러나 얼마 가지도 못하고 신세계백화점 앞에서 기절해 쓰러졌다.

얼마가 지났을까? 누군가 머리를 발로 차는 듯한 느낌이 있어 누운 채로 부스스 눈을 떴다. 하얀 두루마기를 걸치고 검은 갓을 쓴 할아버지 한 분이 지팡이로 나를 툭툭 건드려 깨우고 있었다.

"아가, 일어나라. 길바닥에서 이러고 자다 큰일 난다."

일어나고 싶었지만 몸에 힘이 하나도 없었다. 할아버지의 도움을 받아 겨우 몸을 추스르고 일어나는데, 문득 이런 생각이 들었다. '나가 굶어 죽을라고 서울까지 온 건 아니잖여. 공부도 하고 출세하고 싶어서 그 먼 전라도 시골에서 부모님 몰래 여까정 왔는디, 여서 힘 빠지면 안 된당께.' 기운 차리려고 애쓰며 주위를 둘러봤을 땐 할아버지가 어느새 사라지고 없었다. 그 할아버지가 깨우지 않았다면 길에 쓰러져 일어나지도 못한 채 저승길을 갔을지도 몰랐다.

기운을 내 몇 발짝 걸음을 옮기는데 근처의 높은 빌딩에서 번듯한 양복에 흰 셔츠를 입고 넥타이를 맨 아저씨들이 우르르 나오고 있었

71

다. 너덜너덜한 옷에 지게를 지고 풀을 베는 시골 머슴들과는 너무도
달라서 마치 다른 별에 사는 외계인처럼 보였다. 시골에 살 때 읍내
에 나가서 양복 입은 면서기를 딱 한 번 보고 엄청 멋있다고 생각했
는데, 그런 사람들이 떼로 쏟아져 나오니 황홀할 지경이었다. 눈이
부시도록 멋진 그들의 모습에 가슴이 뛰기 시작했다. '바로 저거여.
나도 저런 사람이 될 거구마잉.' 공부해서 출세하겠다던 막연한 내
꿈에 처음으로 현실적인 구심점이 생겼다. 직업에 귀천은 없다고 하
지만, 풀을 베고 소죽을 끓이는 비루한 머슴살이는 싫었다. 양복 입
고 회사에 다니며 책상 앞에 앉아 지적인 일을 하는 화이트칼라가 되
리라. 어떻게든 그 꿈을 이루고 말리라.

이발소에 취직한 전라도 촌닭

　　꿈을 이루려면 일단 먹고사는 일부터 해결해야 했다. 어디 가서 일자리를 얻어야 하나 고민하던 중에, 시골 이발소에서 머리 감는 일을 했던 게 생각났다. 서울에서야 흔하디 흔한 게 이발소라 잘하면 일자리를 얻을 수 있을지도 몰랐다. 서울 시내 곳곳을 돌아다니며 이발소 간판이 보이기만 하면 무조건 들어갔다.

　　"여기 일자리 없어라? 시켜만 주시면 죽어라 열심히 하겠어요."

　　그러나 가는 족족 거절당하기 일쑤였다. 나이가 어리기도 했지만 전라도 사투리를 트집 잡는 사람들이 많았다. 무슨 연유에서인지는 몰라도 전라도 사람들은 다 도둑놈이라는 편견이 뿌리 깊었던 시절이었다. 전라도 사람이라는 이유로 연거푸 퇴짜를 맞자 서울말을 써

볼까 하는 생각마저 들었다. 그래서 혼자 서울말을 연습해 보았지만 어설프기 짝이 없었고 전라도 억양을 숨길래야 숨길 수가 없었다. 서울말 흉내내는 건 그만 포기하기로 했다. 대신 될 때까지 해보리라는 오기로 계속해서 이발소 문을 두드렸다.

"머리 감는 사람 필요 없어라? 밥만 먹여주시면 열심히 일하겠어요."

여러 군데를 거쳐 남대문 5가의 한 이발소에 찾아갔을 때 주인아저씨가 나와 이리저리 나를 훑어보더니 안으로 들어오라고 했다. 문전박대만 당하다 그런 소리를 들으니 웬 떡이냐 싶었다. 이발소 안에 들어가 보니 풍채가 좋은 사장님 같은 남자 손님 한 분이 이발을 마치고 거울 앞에 앉아 있었다.

"저 손님 머리 한번 감겨봐라."

"야. 알겠어요."

주인아저씨가 옆에서 지켜보는 가운데 그 손님의 머리를 감기기 시작했다. 며칠을 굶어 기운이 하나도 없었지만 여기서 퇴짜 맞으면 더 돌아다닐 힘도 없어서 죽을 힘을 다해 정성껏 머리를 감겼다. 다행히 머리를 다 감고 난 손님이 이렇게 말씀하셨다.

"쬐그만 녀석이 머리 한번 시원하게 잘 감네."

손님의 칭찬에 기분이 좋아 날아갈 것만 같았다. 주인아저씨는 내가 쓸만하다고 생각했는지 자기 밑에서 일해보지 않겠냐고 했다. 너무 반갑고 고마워서 코가 땅에 닿도록 절을 했다.

"고맙습니다. 참말로 고맙습니다. 이 은혜는 죽어도 잊지 않겠어라."

눈 뜨고도 코 베어간다는 서울에서 시골 촌놈이 취직을 하다니. 이제 나도 어엿한 서울 사람이 됐구나, 드디어 살 길이 열렸구나. 그 순간 세상을 다 얻은 것 같았다.

남대문 대도이발소에 취직한 바로 그 날, 이제 입에 풀칠하고 살 수 있다는 생각에 신이 나서 힘든 줄도 모르고 다음에 들어오는 손님들 머리를 열심히 감겼다. 그러나 체력적으로 한계가 왔는지 눈앞의 사물이 두 겹으로 보이면서 어지러웠다. 머리를 감다 휘청거리자 주인아저씨가 이상하게 쳐다보았다.

"너 어디 아프냐?"

"아니어요."

"아무리 봐도 아픈 것 같은데?"

닷새도 넘게 굶었다고 말하기엔 자존심이 상해서 대충 둘러댔다.

"아침에 속이 안 좋아서 밥을 안 먹었더니 기운이 없는갑네요."

"그래서 머리나 제대로 감겠냐?"

아저씨는 면도하는 누나를 불러 우유와 빵을 사오라고 했다. 이발소 한쪽 구석에서 빵과 우유를 허겁지겁 먹는데 너무 맛있어 눈물이 났다. 시골에서는 빵이란 걸 구경도 못 했는데 서울에 와서 호강하는구나 싶었다.

며칠 후 주인아저씨가 나를 불렀다. 집도 절도 없는 내가 아무래도 믿을 수 없었던지 호적등본을 한 통 떼어오라고 하셨다. 성공하기 전에는 절대 집에 연락하지 않겠다고 결심한 터라 곤란했다. 하지만 일단은 "예, 곧 떼어 오겠어라."하고 대답했다.

며칠이 지나도 소식이 없자 주인아저씨가 다시 재촉했다. 깜빡 잊어버렸다고 둘러대고는 알았다고 했다. 그리고서 또다시 몇 주가 지나갔다. 호적등본을 안 떼고 그냥 넘어가려고 했지만 마음에 걸려서 가슴이 늘 조마조마했다. 불안한 마음에 일도 잘 안 돼 어느 날 주인아저씨에게 말했다.

"아, 참! 호적등본 떼오라고 하셨는디. 언제까지 떼올까요?"

"됐다. 관둬라."

끝까지 떼어오라고 하면 어떡하나 걱정했는데 다행이었다.

불길 속에 꼼짝없이 갇혔던 그날 밤

이발사 보조로 손님들 머리 감기는 일을 하며 그곳에서 숙식을 해결했다. 여름에는 의자 두 개를 마주보게 돌려놓고는 아이들 머리 깎을 때 사용하는 판자를 걸친 다음 큰 타올을 깔거나 덮고서 잤다. 아니면 이발소 바닥에 신문지를 두툼하게 깔고 그 위에서 잤다. 겨울이 되면 긴 소파에서 두툼한 타올을 덮고 잤다.

머리 감는 일은 일 자체가 그리 힘들지는 않았지만 손이 고생이었다. 염색약이 엄청나게 독해서인지 염색을 한 손님들 머리를 감고 나면 손이 몹시 가려워서 계속 긁게 됐다. 긁어서 상처난 손에 염색약과 물이 다시 묻으면 마치 타들어 가는 것처럼 쓰라리고 아팠다. 언젠가 하루는 도저히 맨손으로 머리를 감길 수가 없어 고무장갑을 끼고 손님 머리를 감겼다. 조심한다고 했는데도 고무장갑에 머리카락이 뜯기자 손님이 짜증을 냈다. 그 일로 주인아저씨한테 엄청 혼이 났다.

이발소에서 자리를 잡으며 마음이 어느 정도 안정되자, 공부를 해야겠다는 생각이 들었다. 낮에는 이발소에 손님이 없는 틈을 타 눈치껏 공부했고, 저녁에는 오로지 공부에만 전념했다. 언젠가 하루는 가게에 손님이 들어온 줄도 모르고 책을 보다가 손님에게 인사를 안했다고 야단맞기도 했다.

이발소에서 숙식을 해결하면서 저녁은 대충 라면으로 때우는 날이 많았다. 어느 날 저녁, 라면을 끓이려고 냄비에 물을 받아 석유곤로 위에 올려놓고는 불을 붙였다. 물이 끓을 동안 낮에 일하며 모아 둔 수건을 빨아서 줄에 널었다. 그러다 석유곤로를 발로 건드리는 바람에 곤로가 바닥으로 넘어지며 석유가 흘러나와 불이 붙었다. 황급히 불을 끄려고 했지만 불길이 순식간에 의자를 덮치며 천장까지 치솟았다. 일단 밖으로 나가야 된다는 생각에 문으로 달려갔다. 그러나 문이 밖에서 잠겨 있어 아무 소용없었다. 일한 지 얼마 안 됐을 때라 미덥지가 않았는지 주인아저씨는 나를 안에 둔 채 바깥에서 문을 잠그고 퇴근하곤 했다. 덕분에 밤새도록 이발소에 갇힌 꼴이 되었지만 아저씨의 신뢰를 얻기 전까진 어쩔 수 없다 생각했고, 불이 나서 꼼짝없이 갇힐 줄은 꿈에도 몰랐다. 눈앞이 캄캄해지며 다리에 힘이 풀렸다. 죽도록 고생만 하다 꽃을 피워보지도 못하고 이렇게 죽는구나.

성공해서 어머니, 아버지를 기쁘게 해드리지도 못하고 이렇게 가는구나.

그때 소방차의 사이렌 소리가 들렸다. 지나가던 행인이 이발소에 불이 난 것을 보고 신고를 했는지 빨간 소방차가 여러 대 달려와 가게 앞에 섰다. 거센 화염 때문에 문을 열 수가 없자 소방관들이 두꺼운 물대포를 쐈다. 그러자 그 두꺼운 유리 출입문이 박살났다. 이발소 위층 여관에 머물던 투숙객들이 옷을 벗은 채, 혹은 이불로 알몸을 둘둘 만 채 급히 내려왔다. 거기에 구경꾼들까지 몰려들어 이발소 앞은 순식간에 아수라장이 되었다.

죽다 살아나 어느 정도 정신을 수습하고 나자 불을 냈다는 사실이 걱정돼 견딜 수가 없었다. 이러다 잡혀가면 어떡하지? 차라리 몰래 도망칠까? 소방관들과 경찰관들이 그런 내 맘을 어떻게 알았는지 "저 놈 도망 못 가게 붙잡아!"하고 소리쳤다. 하지만 겁이 나고 무서워서 발이 떨어지지도 않았다. 그때 건물주 아저씨가 나와서 "그 놈은 도망가라고 해도 갈 데도 없고, 갈 애도 아닙니다."하고 나를 감싸주셨다.

조사를 받기 위해 남대문경찰서로 갔다. 불을 내고 건물을 태웠으니 큰 벌을 받을 게 틀림없었다. 감옥에서의 암담한 미래를 머릿속에 그리며 거기서도 공부를 할 수 있을까 궁금해 하는데 여자 경찰관 한 분이 다가왔다. 호되게 야단맞을 줄 알았는데 덜덜 떨고 있는 내게 따뜻한 물을 건네더니 뜻밖에도 부드러운 목소리로 이렇게 말했다.

"불 냈다고 잡혀갈까 봐 걱정되니?"

"지가 잘못했어라. 일부러 그런 건 아니고 실수로 곤로를 건드려서 엎어졌당께요."

"그래. 조사해 보니 그런 것 같더라."

"참말로 죽을 죄를 지었어라. 지를 감옥에 보낸다고 혀도 할 말이 없구먼요."

"감옥 갈 일은 없으니까 걱정 마."

"예에? 고거이 참말이어요?"

"그래. 네가 건물 주인 아저씨에게 얼마나 잘 보였는지 자기 건물에 불을 냈는데도 우리 서장님한테 와서 너를 용서해 달라고 사정하시더라."

그 당시 건물주 아저씨는 우리 이발소에 자주 들러 머리를 자르곤 하셨다. 그때마다 정성껏 머리를 감아드리고, 안마도 해드렸는데 아저씨가 나를 예쁘게 보셨던 모양이다. 건물주 아저씨는 그날 밤 남대문경찰서 보호실로 나를 찾아오셨다.

"오늘 밤에 널 꺼내주려고 했는데 그럴 수가 없게 돼 미안하다."

"아이고, 아니어라. 이렇게 찾아와 주신 것만도 황송한디요."

"규정상 오늘 밤은 여기서 보내야 한다니 어쩌겠냐. 내일이면 풀어줄 거고, 일도 잘 해결될 테니 걱정마라." 아저씨는 빵과 우유를 사주면서 나중에 배고프면 밥 사먹으라고 돈까지 쥐어주셨다. 덕분에 감옥에 갈 거라는 공포심에서 벗어나 비교적 편한 마음으로 경찰 조사를 받았다.

그런데 조사를 받던 도중, 전과자는 공무원이 될 수 없다는 말이 생각났다. 면서기라도 되는 것이 내 꿈인데 갑자기 불안해졌다. 그래서 여자 경찰관에게 물었다.

"불을 내서 처벌받으면 공무원 시험 못 보는 거여라?"

"그렇진 않은데 왜? 나중에 공무원 시험 보게?"

"야, 지는 공무원 되는 게 장래 희망이구만요."

"그래. 열심히 공부해서 꿈을 이루길 빈다."

경찰서 보호실에서 하룻밤을 보내고 다음 날 이발소로 돌아왔다. 이발소 주인아저씨가 나를 호되게 야단치더니 열쇠꾸러미를 내밀었다. 나에 대한 믿음이 생겼다기보다는 어젯밤 같은 사고가 또 생길까 봐 걱정돼서 주시는 것 같았다.

그로부터 며칠 뒤에 건물주 아저씨가 나를 찾아왔다.

"그동안 이발소에서 새우잠 자느라 힘들었지? 우리 건물 지하에 있는 골방 하나를 내줄 테니 앞으로는 이발소에서 자지 말고 거기서 자라."

"말씀은 고맙지만 지한테는 너무 과분한 말씀이어요."

"내가 불안해서 그래. 부담 갖지 말고 아저씨 말대로 해. 알았지?"

"아이고, 이 은혜를 어떻게 갚아야 헐지…."

"열심히 공부하는 게 은혜 갚는 거다 생각해."

"참말로 고맙습니다요."

아저씨는 늘 책을 끼고 다니며 열심히 공부하는 내가 대견했던 모양이다. 그래서인지 이발소에 드나들 때마다 내게 말을 걸며 기특하다고 칭찬을 아끼지 않으셨다. 아저씨의 아들도 내 또래 고등학생인데 하라는 공부는 안 하고 여학생들과 어울리며 싸움만 하고 다녀서 걱정이라고 하셨다.

건물주 아저씨 덕분에 소파에서 새우잠 자던 신세를 벗어나 발 뻗고 편히 잘 수 있었다. 아저씨는 그 후로도 종종 나를 들여다보며 챙겨주셨다. 추석이나 설날에도 내가 고향에 내려가지 않자 천애 고아인 줄로 알고는 집으로 불러서 고기를 구워 주기도 했다. 아저씨의 은혜에 보답하기 위해서라도 열심히 공부해야겠다고 생각했다.

"면서기 되는 책이 머시당가요?"

그 당시 내가 일하는 이발소 바로 윗동네에 소위 사창가로 유명한 양동이 인접해 있었다. 사창가 여자들이 삼삼오오 팔짱을 끼고 우리 가게 앞까지 와서 남산으로 올라가는 남자 행락객들을 상대로 호객 행위를 했다. 그때 이발소 몇 군데를 돌아다니며 머리 감는 일을 하던 내 또래 친구가 있었는데 낮에 이발소에서 번 돈으로 저녁이면 사창가를 뻔질나게 드나들었다. 그 친구는 나에게도 같이 가자고 했지만 번번이 거절하며 죽기 살기로 책에만 매달렸다. 한창 혈기왕성한 나이라 성에 대한 관심이 없었던 건 아니었다. 여자와 자면 어떤 느낌일지 조금은 궁금하기도 했다. 하지만 그런 유혹에 한번 빠지면 걷잡을 수 없어 다시는 헤어나지 못할 것 같았다. 힘들게 번 돈을 사창가에서 흥청망청 녹이며 방탕하게 사는 그 친구를 볼 때면 그런 생각이 더 강하게 들었다. 내가 일하는 이발소 주변에 왜 하필 사창가가 있어서 나를 이렇게 유혹하나 원망스러웠다. 하지만 호랑이한테 잡혀가도 정신만 똑바로 차리면 산다는 각오로 마음을 다잡았다. 여자 보기를 돌 같이 하리라, 돌 같이 하리라.

머리 감는 일을 시작하고 몇 달이 지나자 주위에서 이발 기술을 본격적으로 배워보라고 권했다. 하지만 한사코 거절했다. 이발 기술을 배웠다가는 평생 이발사로 살 것만 같아 아예 배우지 않겠다고 마음먹었다. 그때 나와 같이 머리 감는 일을 하던 친구는 이발 기술을 배우기 시작했다. 나를 마루타로 삼아 머리 깎는 연습을 하다 귀를 베기도 했는데, 지금도 한쪽 귀에 그 흉터가 남아 있다. 그 친구는 이발 기술을 배워 날로 솜씨가 늘자 대도이발소를 나가 자기 가게를 냈다. 그러자 주인아저씨와 다른 이발사 아저씨들이 앞다투어 한마디씩 했다.

"다른 애들은 기술 배워서 일당 많이 받는 데로 취직도 하고, 자기 가게까지 내는데 너는 허구헌날 이게 뭐냐? 죽을 때까지 머리 감는 일만 할래?"

"너도 돈 벌어서 여자도 만나고 장가도 가고 해야지. 어른들 말 들어서 손해볼 거 없으니까 잘 생각해봐."

"사람이 주제를 알아야지 니가 공부는 해서 뭐할래? 공부도 할만한 놈이 해야 성공하고 출세하는 법이다."

이발소에서 주경야독하며 낮에는 일하고
밤에는 책과 씨름하던 시절, 모처럼 휴일을 맞아
함께 일하던 친구와 야외로 나들이 가 머리를 식혔다.
(아래쪽에 앉은이가 필자)

나를 걱정하고 생각해주는 아저씨들의 마음을 모르진 않았다. 하지만 이발사가 되려고 고향 집을 뛰쳐나온 건 아니었다. 오로지 공부로 승부를 걸어 출세하고 싶었다. 비록 가진 것도 없고 가방끈도 짧지만, 열심히 노력하면 언젠가는 화이트칼라의 꿈을 이루리라 믿어 의심치 않았다.

초등학교밖에 못 나왔으니 따로 공부를 해서 중학교, 고등학교 다니는 친구들을 따라잡아야 했다. 헌 교과서와 학습서 등을 구해서 닥치는 대로 공부했다. 그러나 머지않아 한계에 부딪혔다. 혼자서 체계도 없이 마구잡이로 공부하다 보니 뭔가 지식이 쌓이긴 쌓이는데 정리가 되지 않아 어수선했다. 공부할 방법을 가르쳐 주는 선생님도 없고, 모르는 것을 물어볼 선배도 주위에 없어 답답하고 막막할 때가 한두 번이 아니었다. 그럴 때면 다 그만두고 집에 내려가고만 싶었다. 어머니가 해주시던 따뜻한 밥이 그리웠고, 우리 쌍둥이를 예뻐해주던 누나가 보고 싶었다. 동생 병윤이는 어디서 무엇을 할까 궁금했다. 그러면서 내가 하는 공부에 회의가 들었다. '요로코롬 혼자 주먹구구로 공부혀서 번듯한 화이트칼라가 될 수 있을까? 면서기라도 될 수 있을까?' 주제도 모르고 공부에 미쳤다고 은근히 비웃음을 사던 터라 그런 고민을 털어놓을 사람도 마땅히 없었다.

그러던 어느 날 저녁, 공부도 안 되고 해서 바람이나 쐴 겸 태평로 길을 혼자 걸었다. 그때 서점 하나가 눈에 들어왔다. 자석에 끌리듯이 서점 안으로 들어가 책들을 훑어보았다. 금테 안경을 쓴 아저씨가 카운터에 있는 걸 보니 주인 같았다. 이렇게 큰 서점을 운영하면 책도 많이 읽고 유식할 것 같았다. 아저씨에게 다가가 다짜고짜 물었다.

"면서기 되는 책이 머시당가요?"

말도 안 되는 질문을 한 것 같아 얼굴이 벌개져서 서 있는데 주인 아저씨가 잠깐 기다리라고 했다. 서가를 뒤적이던 아저씨는 잠시 후 5급 을류(현 9급) 행정직 수험서를 내밀었다. 책을 받아서 펼쳐 보니 나한테 필요한 게 바로 이거라는 생각이 들었다. 닥치는 대로 아무거나 공부할 게 아니라 진작에 이런 책을 찾아서 요령있게 공부했어야 하는 건데. 찬찬히 들여다 보니 공무원 시험에도 행정·경찰·검찰·법원·세무·감사·교정직 등의 세부 분야가 있어서 그 중 하나를 선택해야 했다. 대부분 경쟁률이 10:1을 벗어나지 않았는데 유독 검찰직 공무원 시험만 경쟁률이 무려 135:1이었다.

시골 촌놈이라 '경찰'이나 '순경'이라는 말은 들어 봤어도 '검찰'이라는 말은 금시초문이었다. 생소하긴 해도 검찰이라는 단어 자체가 왠지 고급스럽게 들렸다. 게다가 경쟁률이 무지막지하게 높은 걸 보면 최고로 인기 있는 직종이 틀림없었다.

"검찰직에 합격하면 어디서 어떤 일을 한당가요?"

"그야 판검사 밑에서 일하지."

말로만 듣던 성공의 대명사, 판검사! 서울에서도 그렇지만 특히 시골에서는 판검사가 되는 게 최고의 성공이요 출세였다. 판검사 밑에서 일하면 나도 언젠가는 판검사가 되지 않을까? 그 순간 내 진로가 확실히 정해졌다.

“아저씨! 검찰직 시험에 대비하는 책으로 몇 권 골라 주쇼잉.”

그러자 아저씨가 위아래로 나를 훑어보았다.

“너 학교는 어디까지 나왔냐? 그 시험은 대학을 나와도 붙기가 힘든 시험이야. 그러니 잘 생각해서 시작해라. 나중에 괜히 후회하지 말고.”

“아따, 걱정 붙들어 매시고 언능 책이나 주쇼잉.”

책을 한아름 사들고 서점을 나오는데, 벌써 검찰직 시험에 붙은 것처럼 괜스레 마음이 뿌듯했다.

떨어지고, 떨어지고, 또 떨어지고

국사와 일반 상식, 행정법과 형법, 형사소송법 등을 공부하며 검찰사무직 시험 준비를 했다. 어렵고 딱딱한 법 공부를 하려니 미치고 팔짝 뛸 노릇이었다. 내용이 이해 안 가는 것은 물론이고, 사용되는 단어 자체도 낯설어 진도를 나갈 수가 없었다. 그래서 늘 사전을 옆에 끼고 공부해야만 했다.

5급 을류(현 9급) 검찰공무원 시험에 처음 응시했다가 떨어졌을 때, 크게 실망하진 않았다. 첫 술에 배부르랴 생각하며 내년을 기약했다. 그러나 다음 해에도 시험에 떨어지자 슬슬 불안해지기 시작했다.

고향을 떠나온 지 벌써 몇 해가 흘렀는데 아무 성과도 없으니 스스로가 한심하게 여겨졌다. 주위 사람들은 내가 한사코 이발 기술 배우기를 거부하자 못마땅하게 여겼다.

"건방진 놈. 국민학교밖에 안 나온 주제에 무슨 공무원 시험을 친다고 야단이야?"

"사람이 지 주제를 알아야 한다고 그렇게 타일렀건만."

"이발 기술 배우라고 해도 지지리도 말 안 듣고, 헛바람이 들어도 단단히 들었다니까."

그들의 비웃음을 일축하기 위해서라도 꼭 시험에 붙으리라 각오를 다졌다. 그러나 어느새 공부에 타성이 붙었는지 점점 나태해지는 나 자신을 발견했다. 책을 잡고 있지 않으면 불안해서 그저 펼쳐들 뿐, 내용을 충분히 소화해 내 것으로 만들지도 못한 채 겉도는 공부를 했다. 자꾸 시험에 떨어지다 보니 자신감도 뚝 떨어졌다. '시골 살 때는 공부 잘한다는 소리를 귀에 못이 박히도록 들었는디. 서울 사람들하고는 게임도 안 되는갑다. 멋모르고 내가 솔찬히 똑똑한 줄 알았는디 그게 아닌갑다. 하긴, 두메산골서 반짝한 게 뭐 그리 대수라고. 아자씨들 말대로 분수도 모르고 덤비는 거 아닌가 몰라? 괜히 헛물켜지 말고 이제부터라도 기술이나 배울까?' 그런 생각에 이르면 마음이 한없이 약해져서 다 그만두고 싶었다. 어느 날엔가 라디오에서 고복수 선생의 〈타향살이〉란 노래가 흘러나오는데 구슬픈 선율과 노랫말이 딱 내 애기 같아서 눈앞이 뿌옇게 흐려졌다.

마음이 약해질 때마다 이런 생각을 하며 나 자신을 채찍질했다. '나가 요로코롬 약한 맘 먹고 방황할 때 다른 아들은 코피 쏟아가며 공부할틴디. 이럼 안 되는거. 안 되고 말고. 일하랴 공부하랴 힘들긴 해도 어차피 남들보다 불리한 게임인 거, 알고 시작했잖여. 여서 포기하면 안 된당께.'

공부 시간이 절대적으로 부족한 게 패인이라는 생각이 들자 대책이 필요했다. 이발기구상을 돌아다니며 토요일 오후와 일요일, 그리고 공휴일마다 쉴 수 있는 일자리를 찾아보았다. 마침 삼청동 감사원에 있는 구내 이발소에 자리가 하나 나서 거기로 직장을 옮겼다.

공무원처럼 토요일 오후에 퇴근하고 일요일과 공휴일은 모두 쉴 수 있어 나 같은 수험생에겐 더없이 좋은 직장이었다. 몇 달 뒤 시험날이 다가와서 주인아저씨에게 조심스레 말을 꺼냈다.

"내일 시험을 쳐야 해서요, 몇 시간만 외출하게 허락해주셔라."

"업무 시간에 외출은 무슨? 안 돼, 임마."

그렇다고 시험을 안 볼 순 없어서 할 수 없이 무단결근을 했다. 시험을 치고 이튿날 출근했더니 주인아저씨가 버럭 화를 내며 냅다 뺨을 한 대 갈겼다.

"임마, 어디서 니 멋대로 안 나와? 너 같은 놈 필요없으니까 당장 나가!"

"지가 잘못했어요. 다음부터는 이런 일 없게 조심하겠어라."

"여기가 이발소지 학교냐? 틈만 나면 책이나 붙잡고 있고, 꼴도 보기 싫으니 나가!"

손이 발이 되도록 빌었지만 주인아저씨는 단호했다. 결국 그곳을 나와 전에 일하던 남대문 대도이발소를 다시 찾아갔다. 워낙 착실하게 일한데다, 나올 때도 나쁜 인상을 주지 않아서인지, 그간의 사정을 말씀드리자 다행히도 아저씨가 받아주셨다. 그리고서 얼마 뒤 합격자 발표를 했는데 이번에도 또 낙방이었다. 말도 못 하게 실망하고 상심했지만 여기서 포기할 순 없다는 생각에 애써 마음을 다잡으며 공부를 계속했다.

눈물로 얼룩진 5년 만의 가족 상봉

며칠 뒤 일을 하다 점심때가 되었다. 길 건너편에 있는, 평소 다니던 국밥집에 가서 점심을 사먹으려고 남대문 지하도를 걸어가는데, 앞서 가는 웬 아가씨의 뒷모습이 시선을 잡아끌었다. 어딘지 낯이 익은 뒤태에서 시골 집의 누나가 생각났다. 설마 누나가 여기 와 있을라고? 그래도 혹시나 하는 마음에 아가씨를 앞질러 가서 얼굴을 보았다. 그런데 이럴 수가! 정말로 우리 도순이 누나였다. 이게 꿈인지 생신지 믿어지지가 않았다.

"누나! 우리 누나야 맞나?"

누나도 나를 알아보더니 깜짝 놀랐다.

"니… 집 나간 병산이 아니냐?"

"그려, 나 병산이여."

"아이고야, 니가 살아 있었구나! 살아 있었어!"

우리 남매는 몇십 년 만에 상봉한 이산가족처럼 서로 부둥켜 안고는 주위가 떠나가도록 울었다. 재회의 감격과 설움에 사람들이 쳐다보거나 말거나 신경 쓸 겨를이 없었다.

"요로코롬 살아 있음서 왜 편지 한 장 안 보냈냐? 잉? 니가 죽었는지 살았는지 알 수가 없어서 어무이가 밥도 못 먹고 애간장이 다 탔어야."

어머니 생각에 가슴이 찢어졌다.

"어무이가 니 땜시 속을 끓이다 용하다는 점쟁이란 점쟁이는 다 찾아댕겼다. 하나같이 니가 잘 살고 있응께 걱정 말라고 했지만은 그 말을 곧이곧대로 믿을 수가 있어야제. 국민핵교 댕길 때 공부도 잘했던 놈이 편지 한 장 없는 거 보면 다 틀린 거라고, 점쟁이들이 어무이 안심시킬라고 거짓말한 거라면서 니가 어디 몹쓸 데 가버린 것 같다고 을매나 우시든지. 나도 니 다시는 못 볼 줄 알았어야."

"미안혀… 겨우 이발소에서 일하는 게 남사시러워서 나중에 성공하믄 그때 연락할라고 했당께."

"출세도 좋고 성공도 좋지만은 우선 어무이한테 연락부터 해라잉. 안 죽고 멀쩡히 살아있다고 꼭 연락혀."

"알았어. 근디 누나는 웬일로 서울에 온 거여?"

"나도 서울서 직장 다녀."

"참말이여?"

"응. 아는 사람 소개로 영등포 빵 공장에서 일한 지 좀 됐어."

누나와 이야기를 나누며 회포를 푸느라 점심시간이 훌쩍 지난 줄
도 몰랐다.

"누나. 나 그만 들어가 봐야겠네."

"그려, 가서 일혀. 나도 공장 기숙사 들어갈 시간잉께."

누나는 그날이 마침 쉬는 날이라 친구들과 남산 구경을 하고 기숙
사로 돌아가는 길이었다. 누나와 헤어지고 난 뒤 부모님 생각이 머리
에서 떠나질 않았다. 평생 소처럼 일만 하고 힘들게 살아오신 아버지
와 어머니가 집 나간 자식 걱정에 애간장을 태우고 계시다니. 죄송하
고 가슴 아파 견딜 수가 없었다. 어머니, 아버지가 보고 싶고 그리워
서 참을 수가 없었다. '어렸을 적에는 어무이, 아부지 품을 떠나서 한
시도 살 수 없을 줄 알았는디. 나도 참말로 독종이여. 온다간다 말 한
마디 없이 매몰차게 집 나와서는 요로코롬 연락 한 번 않고, 천하에
이런 불효자가 어딨다냐. 부모 속을 숯검정으로 만들고 출세하면 뭐
할 것이여? 성공하면 뭐할 것이여? 올해 추석에는 어떻게든 휴가를
내서 집에 가야겄다.'

마침내 추석이 되어 고향 가는 전라선 열차에 몸을 실었다. 출세
도, 성공도 못 하고 고향 떠날 때의 초라했던 모습 그대로 돌아가려
니 쑥스러웠다. 그러나 보고 싶은 어머니, 아버지를 만난다는 생각에
한껏 들떴다.

5년 전 도둑기차를 탔던 내구역에 내려 보니 감회가 새로웠다. 몇

년 동안 화려한 서울에서 살아서인지 오랜만에 본 시골 풍경이 너무나 초라하고 보잘것없었다. 5년 전 가출할 때 걸었던 길을 거슬러 오르려니 추억이 하나 둘씩 되살아났다. 지게를 지고 땔나무하러 이리저리 돌아다녔던 산이 저 멀리 보이자 반가움이 밀려왔다. 개구쟁이 친구들과 멱감던 시냇물에서부터 바닥에 구르는 돌멩이, 길가의 풀잎 하나하나까지 고향의 냄새가 물씬 묻어났다.

고향 집에 도착하자마자 "어무이요! 병산이가 왔어요!"하고 외치며 방문을 벌컥 열었다. 자리를 펴고 몸져 누워 계시던 어머니는 그 소리에 힘없이 고개를 드셨다.

"뭐? 병산이?"

방으로 뛰어들어가 어머니를 부둥켜 안았다. 어머니는 믿어지지 않는 듯 눈을 깜박이시더니 내 얼굴과 손을 어루만졌다.

"시상에! 참말로 병산이가 맞구마잉. 죽은 줄만 알았던 병산이가 맞어."

"어무이…."

"요로코롬 살아있음서 왜 에미한테 소식을 딱 끊어부렀냐? 이런 무심헌 놈! 독헌 놈! 니가 죽은 줄만 알고 에미가 을매나 속이 탔는지 아냐?"

"죄송혀요."

"몸은 성하냐? 어디 아픈 데는 없고?"

"지는 괜찮여라. 지 땜에 어무이가 병 나서 큰일이어요."

그때 산에 나무하러 가셨던 아버지가 집에 돌아오셨다. 5년의 세월 때문인지 처음엔 나를 못 알아보시더니, 어머니가 병산이라고 하자 깜짝 놀라셨다.

"아이고, 이것이 꿈이여? 생시여?

아버지도 나를 부둥켜안고 한참을 우셨다.

격한 감정이 어느 정도 가라앉은 후 그동안 서울에서 어떻게 지냈는지 말씀드리고는 모아 둔 돈 얼마를 어머니께 드렸다. 그러자 어머니는 "누가 너보고 돈 벌어 오랬냐."하며 또 우셨다.

다음 날 몸이 안 좋은 어머님을 모시고 구례 읍내에 있는 병원에 다녀왔는데 다행히 큰 병은 아니었다. 일주일 정도 부모님과 함께 행복한 시간을 보냈다. 그사이 부모님이 부쩍 늙으셔서 마음이 아팠고, 그게 나 때문인 것 같아 죄송했다.

휴가가 끝나가자 다시 서울로 가겠다고 말씀드렸다.

"아가. 그냥 여서 우리랑 살면 안 되겠냐?"

"지도 그러고 싶지만은 어쩔 수가 없어라. 죄송혀요."

"자식들이 왜 하나같이 우리 옆에 안 붙어있고 객지로 나가쌌는지 모르겠다."하며 어머니가 또 슬피 우셨다. 그러자 아버지가 한숨을 내쉬었다.

"가난이 웬수여, 웬수. 집이라고 해봐야 논밭 한 뙈기도 없고, 먹고살 길이 막막한디 뭐 좋다고 붙어있겠어? 젊으나 젊은 것들이 지 꿈 찾아 가야제."

"온 식구가 한데 모여서 도란도란 사는 것이 참말로 어렵구마잉."

"너무 서운해 마셔요. 지가 꼭 출세혀서 어무이, 아부지 편히 모시고 도란도란 재미나게 살겠어요."

　서울행 기차에 몸을 싣고 돌아오면서 부모님께 한 약속을 꼭 지키
리라 다짐했다.

막다른 결심

    중학교, 고등학교 멀쩡히 나오고 대학까지 졸업한 사람도 공무원 시험에 떨어지는 경우가 있다는데, 하물며 초등학교밖에 안 나온 내가 쉽게 시험에 붙으리라곤 생각 안 했다. 그러나 한두 번도 아니고 몇 번을 내리 떨어지자 낙방의 쓰라림과 좌절감에 휘청거렸다. 그렇게 여러 번 떨어지면 내성이 생겨 덜 속상할 줄 알았는데 그렇지도 않았다.

    설상가상으로 선택과목이던 영어가 필수과목으로 바뀌자 눈앞이 캄캄해졌다. 영어가 선택과목일 때 시험에 붙었어야 했는데. 산 넘어 산이라더니, 알파벳도 전혀 모르는 마당에 혼자서 영어를 어떻게 공부한다? 방법을 물어보고 싶어도 그럴 사람이 없었다.

그때 태평로의 서점 주인이 생각났다. "면서기 되는 책이 머시당가요?"하는 질문에 5급 을류 공무원 수험서를 건네주며 현실적으로 뭘 어떻게 공부해야 하는지 알려주었던 고마운 분. 그 아저씨라면 답을 알려줄 것 같아 서점으로 달려갔다.

"지가 영어의 ABC도 잘 모르는디요, 아조 밑바닥부터 혼자 공부할 책이 없어라?"

"글세…."

"좋은 책 있음 제발 갈쳐주셔요."

"그럼 안현필 선생님이 쓴 《영어기초확립》하고 《기초오력일체》를 볼래? 학생들이 그 책들을 많이 찾더라."

안현필 선생님이 쓴 영어책 두 권과 영어사전을 사가지고 와 죽기 살기로 매달렸다. 모르는 것 투성이였고, 영어 단어를 어떻게 발음해야 할지도 몰랐다. 지금처럼 어학테이프나 오디오, 비디오 교재가 발달해 있으면 간단히 해결될 문제였지만 그때는 그런 도움을 받을 수 없어 막막하기만 했다. 그래도 열심히 두드리면 언젠가는 열리겠지 하는 심정으로 공부했더니 어렴풋이 희망이 보이기 시작했다.

우리말의 자음과 모음이 결합해 한 글자, 한 글자를 이루듯이 영어의 알파벳이 모여 음절을 이루고 단어를 이룬다는 것을 혼자서 깨우쳤다. 어설프긴 해도 영어가 조금씩 이해되면서 공부에 재미가 붙고 조금씩 실력이 늘기 시작했다.

그러던 어느 날 서점에 가서 이것저것 뒤져보다가 법지사라는 출판사에서 발간하는 《월간 국가고시》란 잡지가 눈에 들어왔다. 영어 공부를 하다 모르는 게 있으면 정리해 두었다가 한 달에 한두 번 정도 편지를 보내서 물어봤다. 다행히 거의 매번 답장을 받아서 궁금증을 해결하고 다음 진도를 나갈 수 있었다. 내 과외 선생님이 되어 준 《월간 국가고시》와 답장을 보내주신 분들이 한없이 고마웠다.

외계 언어 같던 영어에 적응하며 나름대로 시험 공부를 했지만 영 자신이 없었다. 학교에서 제대로 영어를 배운 사람들에 비하면 형편없는 실력이었는데, 그걸 입증하듯 다음 번 시험에서 영어 과목을 망쳐 또 떨어졌다. 이제는 책도 보기 싫었고, 다 그만두고 싶었다. '역시 나처럼 가방끈 짧은 놈은 안 되는구마잉.' 초등학교 졸업장 하나만 가지고 공무원 시험에 도전하는 건 역시 무리였나? 남들이 말릴 때 못 이기는 척 하고 들을 걸 왜 고집을 부렸을까? 세상이 나에게만 유독 가혹한 것 같아 원망스러웠다. 나를 뺀 모두가 행복해 보였고, 이 세상에 나보다 불행한 놈은 없는 듯했다. '그려. 다 그만 두자. 이렇게 살아서 뭐 한다고 목숨 부지하겠냐. 나 하나 없어져분다고 세상이 눈 하나 깜짝하겠냐만은 이 풍진 세상에 나도 더는 미련 없어야.'

자살을 결심하자 오히려 마음이 홀가분해졌다. 그리고 모든 것이 덧없이 느껴졌다. '세상사 아무 것도 아닌디 괜스레 혼자 아등바등 혔어야. 이번 세상에서는 없는 집에 태어나서 고생 고생했지만 다음 세상에서는 부잣집에 태어날 거구마잉. 그래서 중핵교도 다니고, 고

등핵교도 다니고, 대학에도 가서 멋지게 살아볼란다.’

그때 불현듯 어머니, 아버지가 생각났다. 그래도 부모님 덕분에 세상의 빛을 보게 되었는데, 효도 한번 못 한 것이 마음에 걸렸다. 마지막으로 한번은 부모님을 기쁘게 해 드리고 가는 게 자식 된 도리가 아닐까?

"잘 있어라, 나는 간다."

어떡해야 부모님을 기쁘게 해드릴까 궁리하다가 서울로 모셔서 남산 구경을 시켜드리기로 마음먹었다. 그 당시 충남 성환에 계신 작은형님에게 연락해 부모님을 모시고 서울에 한번 다녀가시라고 했다. 얼마 뒤 형님이 부모님을 모시고 올라왔다. 아무렇지도 않은 밝은 얼굴로 서울에서 아무런 불편 없이 제법 잘 살고 있는 듯 행동했다. 서울이 마치 내 나와바리인 양 은근히 허세를 부리기도 했다. 부모님은 내가 잘 지내는 줄 알고 흐뭇해하셨다. 처음 보는 서울 풍경이 신기한지 눈이 휘둥그레지셨고, 말로만 듣던 그 유명한 남산에 모시고 가자 어린 아이처럼 마냥 기뻐하셨다. 부모님께 맛있는 것도 사드리고, 김구 선생님 동상 앞에서 기념사진도 함께 찍었다. 이 세상에서 남기는 마지막 사진이라 생각하자 만감이 교차했다.

　남산 구경을 마치고 서울역으로 내려오는데, 내가 겉으로는 웃고 있어도 어딘지 모르게 힘들어 보였던지 작은형님이 이렇게 말씀하셨다.
　"병산아. 서울 생활이 정 힘들거든 형한테 내려오니라. 우리 방앗간에서 마침 일할 사람이 하나 필요한데, 남 두느니 동생이 내려와 있으면 좋겠다. 니 생각은 어떠냐?"
　"… 생각 좀 해볼게요."
　"이왕이면 내려오는 쪽으로 생각해라잉."
　그때 내 상태는 몸만 이승에 있고 마음은 이미 저승에 가 있었다고나 할까? 형님의 말씀이 나와는 상관없는 먼 나라 얘기처럼 아련하게만 들렸다. 서울역에서 부모님과 형님 차표를 끊어드리고는 작별 인사를 했다. 형님은 미련이 남았는지 잘 생각해 보라는 말을 다시 한 번 하고는 부모님과 함께 열차에 올랐다. 손을 흔드는 어머니 모습이 시야에서 사라진 후 다시 시내로 갔다. 밤이 깊었지만 휘황찬란한 서울의 밤은 불야성을 이루었다. 다만 수은등 불빛만이 내 신세를 아는지 창백하고 쓸쓸하게 빛나고 있었다.
　발길이 약국으로 향했다. 수면제를 한꺼번에 많이 먹으면 아무 고통 없이 편하게 죽는다고 누가 그랬더라? 약국 여러 곳을 전전하며 수면제를 조금씩 사 모았다. 불과 얼마 전까지만 해도 밤새워 공부하려고 잠 안 오는 약인 '타이밍'을 사 먹었는데, 이제는 죽겠다고 수면제를 사는 내 모습이 아이러니했다. 치사량만큼 사 모은 다음, 어

남산 김구 선생님 동상 앞에서 아버지, 어머니,
그리고 작은형님과 함께.
(뒷줄 왼쪽이 필자)

느 골목의 허름하고 낡은 여인숙에 들어가 방을 잡았다. 수면제를 한 움큼 털어 넣고는 영원히 깨어나지 않기를 바랬다.

시간이 얼마나 흘렀을까? 희미하게 웅성거리는 소리가 들렸다. 부스스 눈을 떠 보니 흐릿한 시야에 하얀 천장이 가물가물하게 보였고 하얀 옷을 입은 사람들이 지나갔다. '여가 하늘나란가? 저 사람들은 그럼 천사?' 눈을 비비고 다시 보니 시야가 차츰 또렷해지며 내가 누운 병원 침대와 병실, 그리고 흰 가운을 입은 간호사들이 보였다.

자살 기도가 실패로 돌아갔다는 걸 알고 맥이 탁 풀리면서 기운이 빠졌다. 간호사들이 안쓰러운 표정으로 나를 보며 수군거렸다.

"수면제 양이 적었기 망정이지 하마터면 총각귀신 될 뻔 했어."

"총각인지 아닌지 어떻게 알아? 일찍 장가가서 애가 둘일지도 모르잖아."

"으이그. 처자식 있는 사람이 자살할 생각을 하겠냐?"

"그런가? 어쨌든 무슨 일이 있어서 그랬는지는 몰라도 저 사람 좀 안 됐다."

"그러게. 오죽하면 그렇게 독한 맘을 먹었겠냐."

잠시 후 의사 선생님이 오시더니, 몸에 별 이상은 없다며 다시는 이런 일로 병원에 오지 말라고 따끔하게 한마디 하셨다.

병원을 나와 정처 없이 걷다 보니 어느새 이발소 앞이었다. 아무것도 모르는 주인아저씨는 내가 들어서자 이렇게 물었다.

"부모님한테 남산 구경 잘 시켜드렸냐?"

"예."

곧이어 손님들이 우르르 몰려왔다. 아무 일도 없었다는 듯 온종일 머리를 감기며 일에만 열중했다. 밤이 되자 한쪽 구석의 소파로 가서 얇은 타올을 덮고 누웠다. 몸에 오한이 들면서 갑자기 서러움이 복받쳤다. '시험은 보는 족족 떨어지고, 자살에도 실패하고, 어째야쓰까잉? 아무리 생각혀도 이발사는 되기 싫은디 앞으로 뭘 해 먹고 산다냐? 차라리 시골 내려가서 남의집살이라도 할까? 자식들이 한 놈도 곁에 없다고 저렇게 서운해하시는디 부모님 모시고 살까?' 이런저런 생각을 하다 스르르 잠이 들었다.

그렇게 며칠이 흘렀다. 살고 싶은 마음도 없었지만 다시 자살을 시도할 엄두도 나지 않았다. 어느 날 저녁, 일을 마치고 나서 기분전환이나 할 겸 시내로 나가 무작정 발길 닿는 대로 걸었다. 무겁게 가라앉은 내 마음과는 달리 서울의 밤거리는 활기가 흘러넘쳤다. 괴로운 마음을 털어놓을 사람도 없어 외롭고 서글펐다. '핵교 댕길 때는 공부도 잘하고, 주위에 친구들이 북적거렸는디, 내가 어쩌다 요로코롬 외로운 신세가 됐다냐? 속사정 얘기할 친구 하나 없구마잉. 하긴, 허구헌날 일만 하고 공부만 했으니 어디 친구 사귈 시간이 있었어야제. 다른 사람들은 이럴 때 친구들하고 술 마심서 기분전환도 하드만 나는 여지껏 술도 못 배워불고, 술 한 잔 기울일 사람도 없구마잉. 내가 세상을 잘못 산 거 같기도 하고 참말로 허탈하네.' 그런 생각을 하며 거리를 배회하는데 어느 음반 가게에서 당시 유행하던 조용필의 노래 〈꿈〉이 흘러나왔다.

화려한 도시를 그리며 찾아왔네

그곳은 춥고도 험한 곳

여기저기 헤매다 초라한 문턱에서

뜨거운 눈물을 먹는다

머나먼 길을 찾아 여기에

꿈을 찾아 여기에

괴롭고도 험한 이 길을 왔는데

이 세상 어디가 숲인지 어디가 늪인지

그 누구도 말을 않네.

사람들은 저마다 고향을 찾아가네.

나는 지금 홀로 남아 빌딩 속을 헤매다

초라한 골목에서 뜨거운 눈물을 먹는다.

저기 저 별은 나의 마음을 알까 나의 꿈을 알까

그 노래에 위로받으며 발길을 옮기다가 거리에서 노숙하는 걸인 한 사람을 마주쳤다. '그래도 내가 저 사람보다는 형편이 낫지 않나? 땡전 한 푼 없이 집 나왔어도 이 넓은 서울에서 어떻게든 밥 벌어먹고 살고 있잖여. 그래도 저 사람보다는 쪼매라도 희망이 있지 않을까? 독한 맘 먹고 이 풍진 세상을 등지려고 했지만은 죽지 않고 이렇게 살아 있다는 건 아직 할 일이 남아서 하나님이 살려두신 게 아닐까나?'

그런 생각을 하다 보니 조금씩 힘이 나며 용기가 생겼다. '자살' 이라는 말을 거꾸로 읽으면 '살자' 가 아닌가? 지금까지 고생한 게 아까워서라도 여기서 포기할 순 없는 일. 죽을 결심까지 했으니 죽을 각오로 다시 한번 독하게 도전하자.

나라의 부름을 받고

부모 형제와 떨어져 오랫동안 혼자 객지생활을 하다 보니 외로움이 사무쳐 마음이 많이 약해진 것 같았다. 그래서 자살이라는 극단적인 선택까지 한 것 같았다.

검찰직 공무원이 되겠다는 목표는 변함없으나, 재충전을 위해 잠시 쉬어가는 것이 좋지 않을까? 얼마 전 부모님을 모시고 서울 올라오셨던 작은형님이 생각났다.

"서울 생활이 정 힘들거든 형한테 오니라. 우리 방앗간에서 마침 일할 사람이 하나 필요한데, 남 두느니 동생이 내려와 있으면 좋겄다."

사람이 그립고 가족이 그리웠던 차에 잘됐다 싶었다. 서울에서의 일을 정리하고는 작은형님이 사는 충남 성환으로 내려갔다.

그런데 타이밍이 좋지 않았다. 형님과 형수님이 부부 싸움을 대판 하고는 서로 말 한마디 안 하는 상황에 내가 나타난 것이다. 혹시 두 분이 내 문제로 싸운 건 아닐까? 아무래도 눈치가 보여서 짐도 풀지 않은 채 다시 서울로 올라가려고 했다. 그러자 형수님이 붙잡았다.

"도련님 때문에 싸운 거 아니니까 맘 쓰지 말아요."

"지가 여그 있어도 괜찮겄어라?"

형님이 내 가방을 낚아채며 말씀하셨다.

"일 도와줄 사람 필요하다고 안 했냐. 내 집이다 생각하고 편히 지내라잉."

형님과 형수님이 그렇게까지 말씀하시니 그냥 있기로 했다. 낮에는 방앗간에서 일하고 밤에는 시험공부를 하며 하루하루를 보냈다. 가족들과 같이 지내니 외로움도 덜하고 마음에 의지가 됐다. 그러나 하루가 멀다 하고 심하게 부부 싸움을 하는 형님 내외를 지켜보기가 힘들었다. 두 분 다 성격이 강하고 다혈질인데다 욱하는 성미를 못 참아서 싸움이 그칠 날이 없었다. 어느 한쪽이 참고 져주는 법이 없어서 번번이 팽팽하게 맞섰다. 그 무렵 어머니와 아버지도 형님 집에 올라와 머무셨는데 아들 내외가 싸우는 게 오죽 마음 아팠으면 아버지께서 "차라리 고향 내려가서 머슴살이를 하고 말지, 속상해서 못 살겠다."고 하실 정도였다. 그럴 때면 형수님과 형님은 아버지 어머니 때문에 싸우는 것이 아니라며 다시는 안 싸우겠다고 약속했지만 그 약속이 하루 이틀을 넘기기 힘들었다.

1976년 입대통지서가 날아와 나라의 부름을 받고 육군 방위로 복무하게 되었다. 연거푸 시험에 떨어져 자신감이 땅에 떨어진 터라 차라리 잘됐다 싶었다. 이참에 현역으로 입대해 직업군인이 되는 것도 괜찮지 않을까? 체중미달로 현역 입대를 못 할까 봐 징병검사를 앞두고 소금을 잔뜩 먹고 냉수를 여러 사발 퍼마셔서 몸무게를 늘렸다. 키 작은 것도 감점 요인이 될까 봐 까치발을 들고 신체검사에 임했다. 그렇게 갖은 애를 다 썼건만 신장, 체중, 학력 미달로 현역 입대 판정을 받지 못하고 방위병으로 떨어졌다. 덕분에 집에서 출퇴근할 수 있었는데 개인적인 시간을 가질 수 있어서 공부를 병행하기엔 딱이었다. 아침 8시까지 병영에 출근해 현역들과 하루를 함께 보내고 일조점호와 일석점호도 함께 한 다음 이튿날 아침 8시에 퇴근해 이틀을 쉰 다음 다시 병영에 출근하는 식으로 복무했다.

그동안 이발소에서 머리 감는 일을 한 것도 사회생활이라면 사회생활이었다. 그러나 큰 조직에서 여러 사람들과 어울리며 지내본 적이 없었던데다 철없고 당돌한 구석이 있던 나는 입대 초창기 석회 시간에 중대장님이 훈시할 때 손을 번쩍 들고는 겁 없이 이렇게 말했다.

"총알을 주지 않으면 보초를 나가지 않겠습니다."

그러자 중대장님이 깜짝 놀라 누구냐고 묻더니 내무반장에게 지시했다.

"정병산 이병은 교육을 철저히 시키도록!"

군대가 어떤 곳인지 몰랐던 나는 그 '교육'이란 것이 군대 생활에 대해 모르는 것을 알려주고 타이르는 것인 줄 알았다. 내무반장에게

육군 방위로 복무하던 시절, 군대 동기들과 함께.
보초를 서면서 영어 단어와 숙어를 공부하다 들켜서
호된 기합을 받기도 했다.
(맨 왼쪽이 필자)

죽도록 얻어터진 다음 귀신이 출몰한다는 11초소까지 2km나 되는 거리를 낮은 포복으로 기어가는 기합을 받고 나서야 군대에서 말하는 '교육'의 참뜻이 무엇인지 비로소 알게 되었다.

　시험공부는 군대에서도 계속되었다. 소대장님과 분대장님이 순찰 나온 줄도 모르고, 보초를 서면서 영어 단어와 숙어를 공부하다 들켜서 호되게 기압을 받았다. 저녁에는 단어 하나라도 더 공부하려고 취침시간을 아껴 가며 화장실에서 책을 보았다. 현역 군인들은 꼬박 3년을 복무하는데 방위는 복무기간이 훨씬 짧아서 현역들이 걸핏하면 시비를 걸었고, 그런 와중에 군대에서 공부를 한다고 책을 붙들고 있었으니 나를 가만둘 리 없었다. 너무도 괴롭고 힘들었지만 전역할 날짜만 손꼽아 기다리며, 그리고 다음 시험을 기대하며 하루하루를 견뎌냈다.

대전 마 3624

제대 후 성환의 형님 댁으로 다시 돌아왔다. 방앗간에서 낮에는 소처럼 일하고 밤에는 잠을 아껴 가며 시험공부에 매진했다. 공짜 밥을 먹는 건 아니었으나 나이 먹도록 형님 그늘에 있는 게 마음이 편치 않아 잠시도 한눈팔지 않고 누구보다 열심히 일했다. 모르는 사람들은 내가 형님 댁 머슴이 아니라 친동생이라고 하면 다들 깜짝 놀랐다.

번번이 낙방을 해서 주눅이 들었던 탓일까? 시험이 임박해서는 가족들 앞에서 밥 먹는 것조차 눈치가 보였다. 그래서 형님 댁에서 일하는 형수님 조카에게 아무도 몰래 창문으로 밥 한 공기 넣어달라고 해서 먹었다. 어떤 때는 먹지도 않았으면서 밥을 먹었다고 얼버무리기도 했다. 특히 밤을 새울 때 밥을 먹으면 졸음이 쏟아져서 일부러

배고픈 상태에서 공부하기도 했다. 실제로 내게 눈치를 주는 사람은 없었지만 아마도 자격지심에서 그랬던 것 같다. 식구들은 나를 볼 때마다 "밥이나 먹고 해라.", "좀 쉬었다 해라."하는 말을 인사처럼 반복했다. 잠이 부족해 눈에 핏발이 서고 날이 갈수록 수척해지는 나를 보다 못해 공부를 말리기도 했다.

"국민핵교밖에 안 나온 놈이 머땀시 고로코롬 어려운 시험을 칠라고 허냐?"

"다 먹고 살자고 하는 일인디, 고로코롬 안 먹고 안 자고 공부하다가 탈 나겄어야?"

"이제 그만 마음 접고 다른 일 찾아봐라. 이러다 장가도 못 가보고 총각으로 늙어 죽겄어야."

포기할 생각은 없었지만 나도 답답하긴 했다. 그래서 어느 날 작은형님을 따라 천안에서 꽤 유명하다는 점쟁이를 찾아갔다. 내가 머뭇거리자 형님이 나서서 물었다.

"야가 겁나게 어려운 공무원 시험을 친다고 하는디요, 올해 붙겄어라?"

점쟁이가 점괘를 보더니 딱 잘라 말했다.

"관운이 없어서 틀렸어."

그 말에 가슴이 철렁 내려앉았다. 그러자 형님이 또 물었다.

"그럼 장가갈 운은 있어라?"

"이 사람은 장가갈 생각이 전혀 없는 사람이야."

형님은 어처구니가 없었는지 아무런 말이 없었다. 문득 불쾌한 생

제대한 후 성환의 작은형님 댁에서 방앗간 일을 도우며
검찰사무직 시험 준비에 열을 올렸다.

각이 들었다. '아무리 용하다고 해도 그렇지 자기가 신이여 뭐여? 남의 앞길을 알면 을매나 안다고 저리 무 자르듯 단정지어 말한디야?' 기분이 나빠 형님 소매를 잡아끌고 서둘러 점집을 나왔다. 답답하다고 점쟁이를 찾았다가 안 좋은 소리만 듣고 나자 공연히 사기가 꺾이는 듯했다. 점 같은 건 믿을 게 못 되고, 사람 일은 아무도 모르는 거라 생각하며 다시 공부에 집중했다.

1978년 6월, 5급 을류 검찰사무직 시험일정이 서울신문에 발표되었다. 이제까지 서울에서만 시험을 봤는데 번번이 떨어지는 걸 보니 아무래도 서울에서는 시험 운이 없는 듯했다. 그래서 이번에는 성환에서 가까운 대전지방검찰청에 응시원서를 접수했다. 시험일을 딱 한 달 남겨두고, 일분 일초를 아껴가며 죽기 살기로 공부했다.

1978년 7월 23일, 드디어 시험장에 들어섰다. 문제 하나하나를 꼼꼼히 읽어보며 내가 가진 지식을 총동원해 답안을 작성했다. 특히 평소에 자신 없던 영어 시험을 볼 때는 하나라도 더 맞히려고 안간힘을 쓰며 문제를 풀었다. 시험을 보다 문득 고개를 들어 보니 수험생 몇몇이 벌써 문제를 다 풀었는지 답안지를 덮어놓고 앉아 있었다. 시험이 엄청나게 쉬운데 나 혼자만 어려워 끙끙대는 건 아닐까? 불안한 마음을 애써 떨치고는 시험 종료를 알리는 벨이 울리고 감독관이 시험지를 뺏다시피 해서 가져갈 때까지 최선을 다했다.

시험을 치르고 나오는데 허탈하고 불안하고 찜찜했다. 다른 과목은 그나마 괜찮게 본 것 같은데 영어가 가장 마음에 걸렸다. 그러나 이미 주사위는 던져졌다. 진인사대천명盡人事待天命이라는 말처럼 나로선 이제 할 만큼 다 했으니 마음을 비우고 결과를 기다릴 수밖에.

20일 뒤, 합격자 발표일이 되었다. 조카를 불러서 합격자 명단이 실린 서울신문을 하나 사오라고 했다. 그런데 막상 신문을 받아들자 명단을 확인할 용기가 나지 않았다. 조카에게 삼촌 이름이 명단에 있나 없나 찾아보라고 시켰다. 조카가 명단을 들여다보는데 1분이 1시간처럼 길게 느껴졌다.

"어? 삼촌 이름 없는디요."

그 말에 발밑이 와르르 무너지는 듯했다. '또 떨어졌구마잉. 또, 또….' 눈물이 솟구쳐 참을 수가 없었다. 혹시나 가족들이 볼까 봐 조카가 든 신문을 낚아채서는 화장실로 들어갔다. 한참을 울다가 합격자 명단을 다시 찬찬히 들여다보았다. 강만수, 김인권, 박현상, 송규호, 이정배… 나와는 아무 상관 없는 사람들이지만 시험에 붙은 그들이 그렇게 부러울 수 없었다. 그런데 그때 낯익은 이름 하나가 보였다. 정병산! 눈을 비비고 다시 들여다보았다. 틀림없이 정병산이었다. 혹시 동명이인이 아닐까 했는데 수험번호가 대전 마 3624였다. 분명히 내가 틀림없었다. 키 160cm도 안 되고 체중 45kg도 안 되는 바보, 못난이, 멍청이, 전라도 촌닭 정병산이 틀림없었다. 조카가 명단 확인을 잘못한 거였다. 신문을 들고 화장실을 뛰쳐나가 온 집안을 펄쩍펄쩍 뛰어다니며 미치광이처럼 외쳤다.

"오메! 내가 붙었어야, 붙었어!"

그러자 가족들이 놀라서 뛰쳐나왔다.

"방금 뭐라고 했냐? 시험에 붙었다고?"

"야. 지가 드디어 합격했어라!"

한 많은 민족이라 그런지 좋아 죽을 것 같으면서도 설움이 밀려오며 목이 메었다. 가족들도 나처럼 웃었다 울었다 하며 합격을 축하해 주었다.

"아이고, 우리 병산이가 드디어 해냈구마잉."

"제대로 가르치지도 못 하고, 잘 먹이지도 못했는디, 참말로 큰일 했어야."

"장하다, 장혀."

4번 떨어지고 5번 만에 5급 을류 검찰사무직 시험에 당당히 합격하자 이루 말할 수 없이 기뻤고, 세상을 다 얻은 것만 같았다. 그때 문득 책에서 본 글귀 하나가 떠올랐다. "독수리처럼 날 수 없거든 걸어서 산에 오르라! 땀 흘려 산정에 오르니 온 천하가 내 발밑에 있노라." 세상에는 독수리처럼 능력이 출중한 사람이 있는가 하면 토끼처럼 영리하고 약삭빠른 사람이 있다. 그리고 거북이처럼 느리고 우둔한 사람도 있다. 그러나 거북이라고 해서 산꼭대기에 오르지 말란 법은 없다. 독수리보다 시간이 오래 걸리고, 몇 곱절 더 노력해야 하지만 포기하지 않고 끝까지 도전하면 결국엔 정상에 다다를 수 있는 것이다.

그런데 막상 면접을 보기 위해 서울고등검찰청 앞에 다다르자 다리가 후들거리고 가슴이 벌렁거렸다. 수험표를 왼쪽 가슴에 달고 복도에서 대기하며 줄을 서 있는데 어찌나 가슴이 방망이질 치던지. 심호흡을 하며 진정하려 애쓰는데 내 앞뒤에 서 있던 수험생들이 말을 걸어왔다. 한 사람은 충남 서산에서 올라온 이병진, 나머지 한 사람은 둔포에서 올라온 손석락이라고 했다. 그들과 통성명을 하고는 앞으로 서로 연락하고 지내기로 했다.

드디어 내 차례가 되어 면접장에 들어섰다. 면접관 3명이 책상에 나란히 앉아 있었는데 그 앞에 서자 긴장감에 가슴이 턱 막히는 듯했다. 그때 면접관 한 분이 내 서류를 들춰 보더니 이렇게 물었다.

"정병산 씨! 국민학교밖에 안 나왔는데 영어를 어떻게 공부했습니까?"

대답을 해야 하는데, 갑자기 목구멍에서 뜨거운 것이 치밀었다. 갖은 고생을 하며 어렵게 공부했던 지난날들이 주마등처럼 눈앞을 스치더니 어느새 눈물이 차올라 뺨을 타고 주르르 흘러내렸다. 다른 사람들은 또릿또릿한 목소리로 자신 있게 대답하는데, 바보처럼 말 한마디 못 하고 울기나 하다니. 이를 악물고 참으려 했으나, 눈물이 도저히 멈추질 않았다. 그런 내가 짠해 보였는지 잠시 후 면접관이 이렇게 말했다.

"집안사정이 몹시 어려웠나 봅니다. 그동안 고생 많이 했겠네요. 됐습니다, 정병산 씨. 그만 나가 보세요."

간신히 "예."하고 대답하고는 면접장을 나와 화장실로 갔다. 거울 속에 비친 얼굴은 눈물로 범벅이 돼 있었다. 면접을 망쳤다는 생각에 후회가 밀려왔다. "거기서 바보같이 울면 어떡하냐. 여그까지 힘들게 올라와 놓고 마지막 순간에 망쳐불면 어떡하냐고. 내가 생각해도 참말로 한심하구마잉." 면접에서 점수를 확 깎인 것 같아 최종 합격은 물 건너간 듯했다. 다시 기회가 주어진다면 이번엔 정말로 잘할 수 있는데, 면접을 다시 보게 해달라고 사정할까? 말도 안 되는 생각을 하며 이미 돌이킬 수 없는 일을 후회하고, 또 후회했다.

천신만고 끝에 받은 합격 통보

시간은 무심히 잘도 흘러갔다. 성환으로 내려가 며칠을 기다렸건만 최종 합격 통보가 없었다. 역시 틀렸구나 싶어 애간장이 탔다. 기다리다 지쳐서 입술이 부르트고 몸살까지 심하게 앓았다.

며칠이 지난 후 어느 날 자리를 깔고 몸져 누워 있는데 형수님이 오셔서 누가 나를 찾아왔다고 했다. 나가 보니 면접 시험장에서 만났던, 둔포 산다는 손석락이라는 친구였다. 상황이 상황이다 보니 반가운 마음에 앞서 이런 생각이 들었다. 저 친구는 합격했을까? 인사말을 주고받고는 곧바로 이렇게 물었다.

"합격 통보는 받았다요?"

"아뇨. 아직 못 받았어요."

그 친구도 기다리느라 애가 탔는지 몰골이 말이 아니었다. 그런데 사람의 마음이란 참으로 간사해서 합격 통보를 못 받았다는 말에 일단은 마음이 놓였다.

"나도 그쪽이랑 마찬가지여라."

"합격 통보 기다리다 지쳐서 견딜 수가 있어야죠. 같이 면접 봤던 사람들이라도 만나면 얘기가 통할 것 같아서 집 주소를 물어물어 찾아왔어요."

"나도 깝깝해서 죽을 지경이었는디 잘 왔어요."

"우리 이렇게 걱정만 하면서 기다릴 게 아니라 바람도 쐴 겸 법무부 총무과에 가서 직접 확인해 보면 어때요?"

"좋은 생각이어요."

의기 투합한 우리는 다음 날 평택에서 만나 버스를 타고 서울로 향했다. 한 시간 남짓 걸려 세종로 정부종합청사 앞에 도착해 보니 정문에 헌병이 서서 외부인의 출입을 통제하고 있었다. 시골 촌놈이라 그런지 잘못한 것도 없으면서 괜히 주눅부터 들었다. 헌병에게 신분증을 제시해야 안으로 들어갈 수 있었는데 다행히 나는 신분증을 갖고 있었다. 그런데 손석락은 신분증이 없었다.

"제가 신분증을 깜박 잊고 그냥 왔습니다. 잠깐이면 되니까 이 친구랑 같이 들어가게 해주세요."

"규정상 그럴 수 없습니다."

어쩔 수 없이 나 혼자 들어가서 최종 합격자 명단을 확인해야 했다. 손석락은 자신의 합격 여부도 꼭 알아오라고 신신당부했다. 여부가 있겠느냐고 대꾸를 하며 으리으리한 정부종합청사 건물로 들어가 6층에 있는 법무부 총무과를 찾아갔다.

"이번에 5급 을류 검찰직 시험을 본 사람입니다. 며칠이 지나도 합격 통보가 없어서 직접 알아보러 왔구만요."

그러자 총무과 직원이 고개를 갸웃거리며 말했다.

"며칠 전에 합격자 명단을 통보했는데요?"

가슴이 철렁했다. '이제는 참말로 틀렸구마잉.' 머릿속이 하얘지며 아무 생각도 나지 않았다. 하지만 먼 길 올라와서 그 말 한마디만 듣고 휙 가버릴 순 없었다. 겨우 정신을 차리고 직원에게 말했다.

"지가요 멀리 충남 성환에서 여까지 올라왔습니다. 참말로 확실하게 확인 좀 해 주실 수 없어요?"

"… 잠시 기다리세요."

직원은 철제 캐비닛을 열고 두툼한 서류 뭉치를 꺼내 펼쳐들었다.

"수험 번호가 어떻게 되시죠?"

"대전 마 3624번입니다."

직원은 서류를 뒤적이며 착착 넘기기 시작했다. 수험 번호를 찾는데 혹시나 방해가 될까 봐 숨을 죽이고 직원의 시선과 손놀림을 지켜보았다. 긴장감에 입이 바싹 마르고 손에 땀이 났다. 한참 서류를 뒤적이던 직원이 손을 멈추었다.

"축하합니다, 정병산 씨. 합격하셨네요.

"네? 합격이요?"

"예. 그동안 고생 많았습니다. 집에 가서 기다리면 며칠 안으로 합격자 통보가 우편으로 갈 겁니다.”

“고맙습니다. 참말로 고맙습니다.”

그 직원이 인심 써서 합격시켜준 것도 아닌데 코가 땅에 닿도록 절을 하고는 기쁜 마음으로 총무과를 나왔다.

정부종합청사 건물을 나오는데, 그제서야 정문에서 기다리는 손석락의 합격 여부를 확인하지 못한 게 생각났다. 다시 총무과에 올라가서 확인을 해야겠지? 내게 호의를 베푼 그 직원을 공연히 귀찮게 하는 건 아닐까? 나를 보고 어쭙잖은 촌놈이라고 흉보지 않을까? 아무리 생각해도 도저히 다시 갈 엄두가 나지 않았다. 초등학교밖에 못 나온 나 같은 놈도 붙었는데 그 친구는 거뜬히 합격하지 않았을까? 생김새만 봐도 야무지고 똑똑해 보이던데 분명 합격했으리라.

그냥 정문으로 갔다. 손석락은 나를 보자마자 초조해하며 물었다.

“어떻게 됐어요?”

그 친구 이름은 확인하지 못 했다는 말을 차마 할 수 없었다. 그래서 부디 합격했기를 바라며 거짓말을 해버렸다.

“우리 둘 다 합격했다네요.”

“정말이요?”

“하먼이라.”

내 말을 곧이곧대로 믿고 좋아하는 그를 보고 미안한 생각이 들었다. 사람이 죄 짓고는 못 산다더니, 나 자신은 합격해서 날아갈 듯 기분이 좋았지만 그 친구에게 거짓말한 것 때문에 영 마음이 편치 않았다.

그는 합격 소식에 기분이 좋았는지 어디 가서 차나 한잔하자고 했다. 다방에 들어가 이야기를 나누는데 불안한 마음이 가시질 않았다. 망설이다 조심스럽게 물었다.

"이런 거 물어도 될까 모르겠는디, 학교는 어디 나왔당가요?"

그 친구 입에서 대학 나왔다는 말을 듣고 싶었다. 그렇다면 최종 합격을 확인하지 않았어도 틀림없이 붙었을 테고, 내가 거짓말한 게 아무 문제도 되지 않겠지.

"평택고등학교 나왔어요."

"아, 예."

대학은 안 나왔어도 분명히 합격했으리라 생각하며 불안한 마음을 애써 잊기로 했다.

집에 돌아와 합격 통보를 기다리는데 며칠이 가도 우편물이 오지 않았다. 별별 생각이 다 들며 모든 것이 의심스러웠다. 멀리 시골에서 올라왔다니까 총무과 직원이 나를 위로하고자 붙었다고 거짓말을 한 건 아닐까? 아니면 뭔가 착오가 있어서 잘못 알려준 걸까? 마냥 기다릴 수만은 없어서 둔포에 사는 손석락을 찾아갔더니 자신은 합격 통지서를 받았다고 했다. 제대로 확인도 못하고 거짓말로 둘러댔는데, 정말로 합격했다니 마음이 놓였다. 하지만 그 친구에게 거짓말한 죄로 내가 떨어진 것 같아서 엄청 후회가 됐다. 이번에도 또 떨어졌으면 어떡하나 싶어 잠도 잘 못 자고 불안에 떨었다.

도저히 그냥 기다릴 수만은 없어 성환 우체국에 가서 확인하기로 마음먹었다. 정말 떨어진 거라면 이제는 깨끗이 포기하고 다른 길을 찾아보리라. 밤새 한잠도 못 자고 날이 밝자마자 우체국에 달려가 문이 열리길 기다렸다가 나이가 지긋한 직원 아저씨에게 물었다.

"혹시 공무원 시험 합격 통보서 못 보셨어요?"

"… 어느 동넨지 몰라도 육사 합격통지서는 본 것 같은디 공무원 시험 통지서는 잘 모르겠다야."

"그라믄 지가 우편물 보따리를 확인해도 괜찮겄어라?"

아저씨는 별놈 다 봤다는 듯한 표정이었다.

"저 많은 우편물 포대를 워찌케 확인한다고 그러냐? 안 돼야."

"제발 부탁이여라. 그거 확인 못 하면 지 죽어요, 죽어."

아저씨에게 통사정을 했더니 마지못해 우편물 창고 안으로 나를 안내했다. 아저씨가 지켜보는 가운데 우편물 보따리를 하나하나 뒤지기 시작했다. 땀을 비오듯 흘리며 서너 시간을 고생한 끝에 마침내 내 앞으로 온 봉투를 찾았다. 시골 비료 포대 색깔의 봉투 속에서 나온, 법무부 장관 직인이 찍힌 합격 통지서에는 정병산이란 이름 석 자가 또렷이 찍혀 있었다! 그걸 들고서 마치 개선장군처럼 의기양양하게 집으로 돌아왔다.

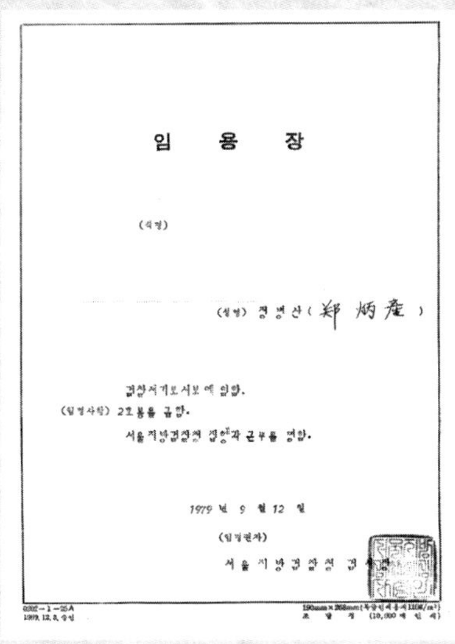

서울지방검찰청 검사장 직인이 찍힌 임용장에는
정병산이란 이름 석 자가 또렷이 찍혀 있었다.

나랏일 하는 어승이 되어

조사할 사건은 많은데 수사관 수는 적다 보니 사건이 폭주하면
그저 일 처리에 바쁠 때가 있다. 피의자의 진술을 제대로 듣지도 않고
자의적으로 사건을 판단하고는 일방통행식으로 끌고 가기도 한다.
그럴 때마다 "열 사람의 도둑을 놓치는 한이 있어도
억울한 한 사람을 만들지 말라."는 법언(法言)을 떠올려 본다.

강을 거슬러 헤엄치는 물고기만이 물결의 세기를 알 수 있다.

기다리다 지쳐

형님네 방앗간에서 일을 도우며 발령이 나기만을 기다렸다. 마음은 이미 검찰 공무원이 된 듯 뿌듯했고 일이 힘들어도 고된 줄 몰랐다.

그러던 어느 날 지서에서 나를 찾는다는 연락이 왔다. 순간적으로 겁이 났다. 딱히 잘못한 것도 없는데 무슨 일일까? 식구들도 깜짝 놀라 혹시 누구랑 싸웠냐고 물었다. 그런 일 없으니 걱정 말라고 안심시키곤 지서로 갔다.

경찰관이 나를 보더니 앉으라는 말 한마디 없이 상당히 위압적인 말투로 심문하듯이 물었다.

"자네 이북에 친척이 있나?"

다짜고짜 반말에, 죄인 취급하듯 함부로 대하자 기분이 나빴다.

하지만 침착하게 대답했다.

"없는디요."

"집안 어른들 중에 부역附逆:국가에 반역이 되는 일에 동조하거나 가담함한 사람은?"

"지가 알기론 없는디요. 근디 그런 건 왜 물으신대요?"

내 질문엔 대답도 없이 서류를 뒤적이더니 다시 물었다.

"근래에 무슨 시험을 봤지?

"검찰직 공무원 시험 봤는디요."

"그래?"

그의 고압적인 태도가 '검찰' 이라는 말에 다소 누그러지는 걸 느꼈다. 잠시 후 계급이 더 높아 보이는 다른 경찰관이 손수 의자를 들고 와 깍듯이 말했다.

"여기 앉으시죠. 저희가 몰라봐서 죄송합니다."

"네에?"

"다음에 천안 검찰청으로 발령받아 오시거든 저희들 좀 잘 봐주십시오."

냉탕에 들어갔다 갑자기 온탕에 들어간 느낌이랄까? 얼떨떨했지만 불쾌한 기분이 좀 나아졌다. 경찰에게 이렇게 융숭한 대접을 다 받고, 역시 검찰직이 좋긴 좋은가 보다. 그런데 궁금증이 생겼다.

"이북이 친척이 있는지는 왜 물어보신 거여라?"

"이번에 시험 붙은 사람 중에 빨갱이 자손이 있나 없나 조사하고 있어서요."

"만약에 빨갱이 자손이면 어떻게 되는디요?"

"설사 시험에 붙었어도 연좌제에 걸려서 발령을 안 내주지요."

어렵게 간신히 붙은 시험인데, 그런 일로 발령도 못 받고 합격이 허사로 돌아가면 얼마나 안타까울까? 불미한 이력 없이 깨끗하게 살아오신 조상님과 부모님, 그리고 친척들에게 참으로 감사했다.

그런데 합격 통보를 받은 지 거의 1년이 다 되도록 발령이 나지 않자 초조해졌다. 합격 소식을 듣고 축하해 주던 사람들도 왜 여태 발령이 나지 않냐고 물어왔다. 면접 볼 때 만났던 이병진이라는 친구와 손석락은 둘 다 서울지방검찰청으로 발령이 났다는데 왜 나만 소식이 없을까? 대학 나오고, 집안도 좋고, 소위 빽까지 있으면 아무 걱정이 없겠지만 그렇지 않은 사람은 발령받기 힘들 거라는 소문이 돌았다. 검찰청이 아무래도 범죄자들을 상대하는 곳이다 보니 키가 크고, 덩치도 좀 있고, 우락부락하거나 매섭게 생긴 사람들이 훨씬 더 유리하다는 얘기도 들렸다. 모두 내게는 해당 사항 없는 얘기라 한숨만 나왔다. '그러면 그렇지. 초등학교밖에 못 나온데다 키는 겨우 난장이를 면하고, 어려서부터 못 먹고 자라 왜소하기 짝이 없고, 하다 못해 이장 빽 하나도 없는 나 같은 놈을 누가 써주겠냐? 합격 점수는 받아서 어쩔 수 없이 붙여줬어도 발령은 안 내줄라는갑다. 공무원 한번 해먹기가 이렇게 어려울 줄은 미처 몰랐구마잉.' 조금만 더 기다려보고 별다른 소식이 없으면 아무도 모르는 곳으로 가 꼭꼭 숨어 살까? 아니면 머리 깎고 절에 들어갈까? 별의별 생각이 다 들었다.

시험에 합격했다고 좋아서 날뛰던 모습은 온데간데없고 눈에 띄게 말수가 줄며 병든 닭처럼 축 처져 지내자 가족들이 내 눈치만 살폈다. 그들에게 미안해서라도 결단을 내려야 했지만, 며칠 있으면 추석 대목이라 한창 바쁠 때 집을 나갈 순 없었다. 추석만 지나면 집을 나가서 앞으로 살 길을 찾아보리라.

그런데 1979년 9월 12일, 그토록 애타게 기다리던 공무원 임용 발령장이 도착했다! 서울지방검찰청 집행과 검찰서기보로 발령 났으니 며칠 뒤에 출근하라고 적혀 있었다. 천지신명께 감사하며 가족들에게 이 기쁜 소식을 알렸다. 아버지는 제대로 가르치지도 못한 막둥이가 큰일을 해냈다고 좋아하시며 이렇게 말씀하셨다.

"병산아. 검찰청에서 일한다고 거들먹거리면 못쓰는 벱이여. 항시 없는 사람들 편에 서서 일해라잉."

"명심하겠어요."

형님과 형수님도 자기 일처럼 기뻐했다.

"발령 나기 기다리다 목 빠지는 줄 알았는디 잘 됐다야. 앞으로 열심히 해라잉."

"아유, 이제 곧 추석 대목인데 도련님은 힘든 방앗간 일 안 해도 되고 좋겠어요."

아버지처럼 남의 집 머슴이 되긴 싫어 고향을 뛰쳐나왔는데 이제는 나라의 머슴이 되어야 할 터. 하늘을 부러러 한 점 부끄럼 없고, 국가와 국민을 위해 누구보다 열심히 일하는 머슴이 되리라.

여기가 정말 내 자리일까?

1969년 7월 20일, 닐 암스트롱이 달에 착륙해 첫발을 내디디며 이렇게 말했다.

"한 사람에게는 작은 발자국이지만, 인류에게는 큰 도약이다."

(One small step for a man, one giant leap for mankind.)

서울지방검찰청에 첫 출근하던 날, 불현듯 그 말이 떠올랐다. 달에 처음으로 착륙한 암스트롱의 심정이 검찰청이란 신세계에 첫발을 내디딘 내 심정과 비슷하지 않을까? 전에 합격을 확인하러 정부종합청사 법무부 총무과에 가 본 적은 있지만 당당하게 검찰청의 일원이 되어 일하는 건 차원이 다른 일이었다.

사정의 중추기관인 검찰은 사회적 범죄 중에서도 스케일이 큰 정치·경제적인 사건을 주로 다루다 보니 나는 새도 떨어지게 할 만큼 그 위세가 대단했다. 검찰 인력 구조의 양대 산맥은 검사와 검찰사무직 공무원이라 할 수 있다. 기소 여부를 결정하고, 영장을 청구하고, 사건을 종결짓는 일 등 대부분의 권한은 검사에게 집중되어 있고 검찰사무직 공무원은 검사의 지시에 따라 범죄 수사를 하거나 수사에 관한 사무, 형사 기록의 작성과 보존, 검사의 행정소송 보조 및 기타 검찰행정에 관한 사무를 수행한다. 검찰청의 업무가 독립적이라 외부 간섭 없이 독립적인 업무 수행이 가능하고, 기소독점권을 가진 권력기관으로서의 검찰의 지위 때문에 공무원 시험 중에서도 경쟁률이 가장 높았다.

검찰의 일원이 되었다는 기쁨에 정말로 가슴이 벅찼다. 신입 공직자를 위한 연수를 받고 서울 중구 서소문에 있는 서울지방검찰청 집행과에서 근무를 시작했다. 꿈 같은 나날이 이어지면서 내가 발을 디딘 새로운 세계가 마냥 신기하고 경이로웠다.

그러나 차츰 시간이 흐르며 이 놀라운 신세계에 적응하기가 쉽지 않음을 깨달았다. 이발소에서 손님들 머리를 감길 때와는 백팔십도 다른 환경이었다. 우선 내가 상대하는 사람들의 격이 달랐고, 대화 주제나 내용은 물론 화법조차도 달랐다. 괜히 말 한마디 잘못했다 실수하면 어쩌나? 가방끈 짧은 게 티가 나서 비웃음을 사면 어쩌나? 뭘 해도 자신이 없고 눈치가 보여서 마음이 편치 않았다. 당당하게 시험에 합격해서 들어왔는데도 마치 부정한 수단을 통해 뒷문으로 들어온 사람처럼 좌불안석이었다. 왠지 모르게 여기는 내가 있을 곳이 아닌 것 같았다.

하루 종일 긴장해 있어서인지 하숙집에 돌아오면 저녁을 먹자마자 곯아 떨어졌다. 그리고는 시골 고향 집에서 지게를 지고 나무를 하거나 이발소에서 머리 감는 꿈을 자주 꾸었다. 하루가 멀다 하고 그런 꿈을 꾸자 별별 생각이 다 들었다. 내가 주제도 모르고 검찰에 잘못 들어온 건 아닐까? 내 자리는 여기가 아니라 남대문 대도이발소가 아닐까? 거기서 주경야독할 때가 차라리 마음 편하지 않았나?

그러던 어느 날 출근길에 전에 일하던 삼청동 감사원 구내 이발소의 주인아저씨를 버스에서 우연히 만났다. 이발소에 다니며 시험 때문에 하루만 빠지겠다고 하자 버럭 화를 내며 뺨을 때렸던 그 아저씨였다. 분하고 가슴 아팠어도 이미 다 지난 일. 반가운 마음에 먼저 아는 체를 했더니 아저씨도 나를 알아보셨다.

"출근하는 길인가? 요즘 어느 이발소에 나가나?"

"이발소가 아니고 검찰청에 가요."

"아니 왜? 뭐 잘못한 일이라도 있나?"

"아니어라. 지가 공무원 시험에 합격해서 검찰청에 출근하고 있구만요."

"그래? 우리 가게서 일하면서 한시도 책을 안 놓더니 결국은 성공했구만."

"별 말씀을요."

"그때 내가 서운하게 했던 거 기억나? 이제 와 생각해 보면 그땐

내가 좀 심했던 것 같아."

"아이고, 아니어요. 대타로 일할 사람도 안 구해놓고 지 욕심 땜에 무작정 일을 빠지겠다고 했으니 그럴 만도 하지라. 마음 쓰지 마셔요. 지는 다 잊었구만요."

"어쨌든 열심히 공부해서 좋은 데 들어갔다니 다행이네. 그렇게 대단한 데서 일하니 부모님이 참 좋아하시겠다. 주위에서도 다들 부러워하고."

아저씨와 헤어지고 나서 지난 일을 다시 한번 돌이켜 보았다. 이발소에서 쫓겨났을 때 오갈 데 없는 신세를 한탄하며 무심하고 냉정한 서울 사람들을 얼마나 원망했던지. 신세 한탄할 친구도 없어 혼자 설움을 삭이며 얼마나 외로웠던지. 그때는 말도 못 하게 힘들었는데 왜 지금은 지난 일이 그저 아련하게만 여겨지고, 오히려 향수에 젖어 그리워할까? 곰곰이 생각해 보니 이제는 그 자리를 지나왔기 때문이었다. 그리고 그때보다 한 뼘 더 성장했기 때문이었다.

과거로 돌아가고만 싶은 약한 마음을 떨치리라. 지금 검찰청에서 적응하기가 아무리 힘들어도 묵묵히 참고 이겨내면 언젠가는 이 또한 아련한 추억이 되어 가벼운 마음으로 회상할 수 있겠지. 그러기 위해선 지금 현재를 피하지 말고 치열하게 살리라.

어디서든 부끄럽지 않은 사람이 되리라

검찰청 사람들과 대화를 나누다 보면 이해할 수 없는 얘기들이 불쑥불쑥 튀어나와 당황할 때가 많았다. 그냥 모르는 단어 정도면 사전을 찾아보면 되지만 주제와 내용이 생소할 때는 답답해 미칠 지경이었다. "가만 있으면 중간은 간다."는 말처럼 몰라도 모른다고 티 내지 않고 웬만해서는 나서지도 않았다. 남들이 웃으면 따라 웃고, 남들이 고개를 끄덕이면 나도 끄덕였다.

그러나 그런 식으론 한계가 있었다. 같이 일하는 사람들과 어느 정도는 수준을 맞추어야 했다. 이발소와 방앗간에서 주경야독하며 수험서만 들여다봤지 교양을 키울 만한 책은 거의 읽지 않아 인문적인 소양이 턱없이 부족하다는 걸 깨달았다. 그래서 중고등학생 때 읽고 넘어갔어야 할 문학전집을 사서 부지런히 읽었다. 처음엔 부족한 걸 채우기 위해 공부한다는 심정이었는데, 딱딱하고 무미건조한 수험서만 보다가 문학을 접하자 거기에 푹 빠져들었다. 세상에, 이렇게 멋진 글과 재미있고 깊이 있는 이야기가 있었다니. 공부만 하지 말고 이런 것도 읽고 살았으면 좋았을 텐데.

문학 외에도 시중에 인기 있다는 베스트셀러는 꼭 읽어보았다. 그리고 매일 아침저녁으로 신문을 들여다보며 기사와 사설을 꼼꼼히 읽었다. 처음엔 잘 몰랐는데, 그런 식으로 한 해 두 해가 흐르고 나자 노력한 보람이 서서히 나타났다. 말투가 다듬어지고, 전라도 사투리도 덜 쓰게 되고 화법 또한 전과는 달라졌다. 어느새 사람들의 이야기에 고개가 절로 끄덕여지고, 가짜 웃음이 아닌 진짜 웃음이 나왔다. 그렇게 한 3년 정도의 시간이 흐르자 이제는 검찰청이 내가 있을 자리로 익숙해지며 자리 잡아 갔다.

살면서 법원이나 검찰청에 한 번도 갈 일이 없다면 그보다 더 좋을 순 없다. 그러나 우리네 인생사가 그리 녹록지만은 않다. 살다 보면 서로 이해관계가 엇갈리며 갈등이 생기기 마련인데 상식 선에서 문제를 원만히 해결하면 다행이지만 그렇지 않은 경우가 많다. 말로든 주먹으로든 도저히 일이 해결되지 않을 때 가장 마지막에 법을 찾게 된다. 그런데 이런 일들은 대개 그 사람들의 삶에서 중차대한 문제들이다. 그러므로 수사관은 어느 한 사람도, 어느 한 사건도 소홀히 다루지 말고 공정하게 조사에 임해야 한다.

검찰청이란 데는 은근히 사람을 주눅 들게 하는 곳이다. 이곳에 조사받으러 오면 웬만큼 배짱 두둑한 사람이 아니고서는 누구나 위축되기 마련이다. 특히나 사회적으로 내세울 것이 없는 사람들은 더하다. 그런 사람들을 볼 때마다 처음 발령받았을 때 아버지께서 하신 말씀을 떠올렸다.

"검찰청에서 일한다고 거들먹거리면 못쓰는 벱이여. 항상 없는 사람들 편에 서서 일해라잉."

피의자든 고소인이든 참고인이든 조사받으러 온 사람들을 똑같이 인격적으로 대하려고 애썼다. 아무리 수사관이라 해도 거칠고 모욕적인 언사로 상대를 압박해서 뭔가를 얻어내려고 하면 안 된다고 생각했다. 수사관이 품격 있는 언어를 사용하며 예의바르게 행동하면 피조사자들에게 신뢰를 줘서 사건을 풀어나가는 데 더 효과적이지 않을까? 특히나 역지사지(易地思地)란 사자성어를 항상 마음속에 품고 업무에 임했다. 지금은 내가 피의자나 고소인을 불러다 놓고 조사하지만 나도 언제 피의자나 고소인이 되어 검찰청에 불려 다닐지 모를 일이다. 상대와 입장을 바꿔 생각하며 섣불리 예단하지 않고 편견에 치우치지 않으려 했다.

수사관 생활을 시작한 지 얼마 안 됐을 무렵, 상당한 액수의 돈을 사기당한 고소인을 소환해서 진술을 들은 적이 있다. 역지사지를 떠올리며 내가 돈을 뜯긴 고소인이면 어떨까 하는 심정으로 진술을 듣다 보니 나도 모르게 화가 나고 흥분이 됐다. 괘씸한 피고소인을 당장 구속해서 뜯긴 돈을 받아줄 테니 걱정 말라고 큰소리쳤다. 그랬더니 고소인은 얼굴이 한결 밝아져서 돈을 받을 수 있다는 기대감을 안고 귀가했다.

그런데 그 뒤에 피고소인을 불러 조사해 보니 사건의 진상이 백팔십도로 달라져서 오히려 고소인 쪽의 무고 혐의를 의심해야 했다. 고소인을 다시 불러들여 조사를 진행하며 무고 혐의를 언급하자 상대가 펄쩍 뛰었다. 내가 피고소인으로부터 부정한 청탁을 받고는 그쪽에 유리하게 사건을 뒤집었다며 난리를 쳤고, 그 바람에 엄청나게 곤욕을 치러야 했다. 역지사지가 지나쳐서 어느 한쪽의 일방적인 진술에 흥분한 것도 잘못이고, 단정적인 언사를 한 것도 잘못이었다. 이후로 그 일을 마음속에 새기며 항상 객관적이고 공정한 시선을 견지하려고 애썼다.

공무원들 사이에 이런 말이 있다.

"떨어진 과일도 발로 한번 차보고 주워 먹어라."

"공무원 생활 10년이 넘도록 남의 돈 한 푼 안 먹어본 놈이 죽일 놈이다."

한마디로 공직에 몸담고 나랏일을 하다 보면 남의 돈 한번쯤은 받게 된다는 얘기다. 공무원들이 청렴하지 못하고 부정부패에 물들어 있다고 곡해할 수도 있지만, 실은 우리 사회의 연고주의와 부정부패가 그만큼 뿌리 깊다는 반증이다. 또한 공직에서 일하다 보면 그런 것들을 피해가기가 현실적으로 힘들다는 얘기다.

그러나 요즘은 공직 사회든 기업이든 투명성과 청렴이 강조되는

서초동 법원 앞에 있는 정의의 여신.
여신상의 저울은 어느 한쪽으로도 치우쳐 있지 않지만
법조인이나 수사관의 심리적 저울은 약자에게
조금은 기울어야 하지 않을까?

시대다. 부정부패는 국가와 사회와 기업의 발전을 저해하는 암적인 요소로 경계의 대상이 되었다. 그 결과 우리 사회가 과거와는 비교할 수도 없게 투명하고 깨끗해졌다.

검찰 공무원으로 일하다 보면 수사 중인 사건과 관련해 문의를 받거나 각종 부탁과 청탁을 받는 일이 많다. 그럴 때마다 뇌물과 선물의 차이에 대해 생각하게 된다. 뇌물은 사사로운 이익을 얻기 위해 권력자에게 주는 정당하지 못한 돈이나 물건을 말한다. 선물은 고마움과 존경, 애정을 담아 선사하는 물건을 말한다. 그런데 형법상 뇌물의 의미는 직무에 관한 부정한 보수로서의 모든 이익을 말하는 것으로, 뇌물과 선물의 구분이 모호하다. 혹자는 대가성이 인정되는 경우라도 사회에서 관습적으로 허용되는 한도 내에서는 뇌물이 아니라고 한다. 그런데 과연 어디까지가 관습적으로 허용되는 한도일까?

뇌물에 있어서 대가성이냐 아니냐가 중요하다지만, 나 개인적으로는 "세상에 공짜는 없다."고 생각한다. 어린 아이에게 심부름 한 번을 시켜도 용돈을 쥐어주어야 하는 세상인데, 공무원에게 돈이나 물건을 주었다면 그게 아무리 사소한 것이라 해도 대가성이 없다고 할 수 있을까? "초라한 밥상에서 마음 편히 먹는 것이 걱정하면서 진수성찬을 먹는 것보다 낫다." 이것이 공무원으로서 내 신조라면 신조다.

오래전 법률구조실에서 근무할 때 있었던 일이다. 40대 초반의 한 아주머니가 아이를 등에 업은 채 체불임금을 받기 위해 검찰의 문을 두드렸다. 다행히 사건이 잘 해결되어 밀린 임금을 받을 수 있게 됐다. 아주머니는 담당자인 선배님을 찾아와 고맙다는 인사를 하더니 비닐봉지 하나를 슬쩍 내밀었다. 거기엔 검찰청 구내매점에서 산 담배 한 갑과 사이다 한 병이 들어 있었다. 그걸 뇌물로 봐야 할까? 관행적인 인사 차원의 선물로 봐야 할까? 마음속으로 저울질하다 비록 뇌물이라고 할 정도는 아니어도 받아선 안 된다고 생각했다. 선배님 역시 나와 생각이 같았는지 눈살을 찌푸리며 이렇게 말했다.

"뭡니까 이게?"

"일이 잘 풀리게 도와주셔서 감사의 뜻으로…"

그러자 선배님은 언성을 높이며 벌컥 화를 냈다.

"여기가 어디라고 이런 걸 사들고 오는 겁니까? 당장 갖고 나가세요!"

무안해서 얼굴이 벌개진 아주머니는 급히 방을 나가려다 비닐봉지를 떨어뜨리고 말았다. 선배님은 비닐봉지를 집어 아주머니에게 쥐어주고는 등을 떠밀어 내쫓다시피 했다. 담배 한 갑, 사이다 한 병도 뇌물이라고 생각한 데는 동의하나, 선배님의 태도에는 동의할 수 없었다. 그냥 좋게 거절하면 될 것을 저렇게까지 무안 줄 필요는 없지 않을까? 청렴을 추구하는 것도 좋지만 너무 지나친 행동이 아닐까? 선배님도 자신의 그런 행동이 후회됐는지 며칠 후 그 아주머니가 마음에 걸린다고 했다. 그 당시 업무에 치여 잠도 잘 못 자고 스트레스를 받다 보니 과잉반응을 한 것 같다고 했다. 국민의 혈세로 녹을 먹는 사람으로서 언제 어디서든 부끄럽지 않은 행동을 하되, 민원인들을 따뜻하게 배려하는 마음가짐 또한 잊지 말아야 하리라.

꿈속에서 만난 내 인생의 반쪽

대전지방검찰청 공주지청에서 근무하던 1981년, 추석을 맞아 작은형님 댁에 계시는 부모님을 뵈러 성환에 갔다. 그런데 그날 밤 형님 댁에서 잠자리에 들었다가 웬 아리따운 아가씨와 맞선 보는 꿈을 너무나도 생생하게 꾸었다. 그 아가씨는 평소 내 이상형이라 꿈에서도 가슴이 뛰었다. 다음 날 아침, 하도 신기해서 어머니에게 꿈 이야기를 했다.

"공주 가는 길에 버스에서 아가씨 만나려고 그런 꿈을 꾼 거 아녀?"

"설마요. 전 아직 결혼 생각 없어요."

그 무렵 나는 사법고시를 준비하고 있었다. 멋모를 땐 판검사 밑에서 일하다 보면 자연히 판검사가 되지 않을까 막연히 생각했지만 그렇지가 않다는 걸 진작에 깨달았다. 판검사 되기가 얼마나 힘든지는 알지만 사나이로 태어난 이상 그 정도 꿈은 가져야 하지 않을까 생각했고, 고시 준비에 매달리다 보니 결혼 같은 건 안중에도 없었다. 어젯밤 꿈이 너무도 생생하긴 했지만, 그저 의미 없는 꿈에 불과하려니 하고 대수롭지 않게 넘겼다.

다음 날 공주지청으로 출근하기 위해 집안 어른들께 인사를 하고 나서는데, 마루에 놓여 있던 전화기가 따르릉 울렸다. 다른 식구들이 받겠지 하고 대문 쪽으로 가는데 아무도 받지를 않았다. 할 수 없이 마루로 되돌아가 수화기를 들었다.

"여보세요."

"거기 공주 삼촌 좀 바꿔줘유."

공주 삼촌이라 함은 분명 나를 가리키는 말이렸다?

"전데요."

"아이고, 마침 본인이 직접 전활 받았네. 총각, 선 한번 안 볼텨?"

"글쎄요, 아직은 결혼할 생각이 없어서요."

"그런 건 나중에 생각하고 일단 아가씨나 한번 만나 봐."

"결혼도 안 할 거면서 뭐하러 쓸데없이 선을 봅니까?"

"아유, 그래도 만나봐. 아가씨가 아주 이쁘고 참해서 그랴. 총각이랑 잘 어울릴겨."

"그런데 실례지만 누구세요? 절 아세요?"

"그럼 알다마다. 내가 누군지는 설명해도 잘 모를 테고, 일단 아가씨를 만나봐. 후회 안 할겨."

예쁘다는 말에 호기심이 생기긴 했다.

"아가씨가 몇 살이에요?"

"올해 스물 일곱이여."

"그 정도면 저한텐 할머닌데 무슨 선을 보라고 하세요?"

"할머니라니? 뭔 말을 그렇게 섭하게 혀? 아가씨가 얼마나 앳되고 어려 보이는디."

별로 내키지가 않아 거절했지만 아주머니는 상당히 집요했다. 그렇게 끈질기게 권하는데 한사코 거절하는 것도 도리가 아닌 것 같았다. 더구나 엄청 어려 보이고 예쁘다는 말에 어떤 아가씨일까 궁금하기도 했다.

"그럼 선을 보겠으니 대신 저희 집에는 얘기하지 말아주세요. 선을 보고 나서도 결혼까지 이어지지 않는다고 서로 얼굴 붉히는 일도 없었으면 합니다."

"알았어. 걱정 붙들어 매드라고."

쇠뿔도 단김에 빼랬다고 아주머니는 그날 오후에 선을 보라고 했다. 약속 장소는 성환 읍내 우체국 앞에 있는 태양다방. 알았다고 하고는 전화를 끊었다.

약속 시간에 맞춰 태양다방으로 갔다. 썩 내키지는 않았어도 머리 털 나고 처음 보는 맞선이라 긴장감과 기대감으로 살짝 떨렸다. 그런데 문을 열고 들어선 순간 눈을 의심하지 않을 수 없었다. 지난밤 꿈속에서 선본 여자와 생김새는 물론, 머리 모양, 옷차림새까지 똑같은 아가씨가 문 쪽을 향해 앉아 있는 게 아닌가? 너무 놀라 이게 꿈인가 생신가 헷갈려 하며 멍하니 서 있었다. 그때 내 쪽으로 등을 돌린 채 그 아가씨와 마주보고 앉아 있던 웬 아주머니가 고개를 돌리더니 "총각, 이쪽이야."하고 불렀다. 이럴 수가. 그럼 저 아가씨가 내 맞선 상대? 보면 볼수록 꿈속에서 본 모습과 너무나 똑같아 신기하기만 했다.

아주머니의 소개로 그녀와 인사를 했다. 이름은 박종현. 마침 추석이라 부모님을 뵈러 시골 집에 다니러 왔고, 서울에 직장이 있단다. 아주머니 말대로, 아니 그 이상으로 예뻤고, 스물 일곱으로는 보이지 않을 만큼 앳돼 보였다. 꿈에서 본 이상형의 아가씨를 맞선 상대로 만났으니 나로선 더 바랄 게 없었다.

나중에 알고 보니 선을 보라고 전화했던 그 아주머니는 그녀의 둘째 큰어머니였다. 나와 우리 집안에 대해 꽤 많이 알고 있는 듯했고, 내가 성환의 형님 댁에서 일하는 걸 본 적이 있다고 했다. 잠시 후 아주머니는 둘이 편하게 이야기 나누라며 자리를 비켜주었다.

차를 마시며 이런저런 이야기를 나눈 다음 다방에서 나왔다. 그녀도 서울에 올라가는 길이라 함께 버스 터미널까지 걸어갔다. 나야 상대가 마음에 쏙 들었지만 그녀는 그렇지 않은 듯했다. 다음에 다시 만나고 싶은데 연락처를 알려 달라고 하면 어떤 반응을 보일까? 연락처를 주지 않고 그냥 애매하게 "다음에 어른들 통해서 연락드릴게요."하고 말한다면 내게 맘이 없다는 뜻이겠지? 괜히 말 꺼냈다가 거절당하면 창피해서 어떡한다? 하지만 말도 못 꺼내보고 헤어지긴 너무나 아쉬웠다. 헤어지면 다시 연락할 방법이 없기 때문에 더 답답했다. 버스 터미널은 점점 가까워지는데 이러다 버스가 와서 그녀가 가버릴까 봐 용기를 내어 물었다.

"저, 실례가 안 된다면 연락처 좀 알려 주시겠어요?"

걱정했던 것과는 달리 그녀가 선뜻 전화번호를 알려주었다. 그래, 내가 싫은 건 아니구나. 수첩에 전화번호를 적어주는 그 모습에 어찌나 가슴이 설레고 기쁘던지. 다음 만남을 고대하며 한껏 들떠서 공주로 돌아갔다.

그 후 전화로 그녀의 주소를 물은 뒤 여러 차례 편지를 보냈다. 하지만 답장을 한 통도 받지 못하자 불안해졌다. 그저 예의상 연락처를 알려 주었을 뿐 맘에 없다는 얘긴가? 역시 혼자만의 짝사랑인 걸까? 일이 손에 잡히지 않고 마음이 뒤숭숭했다.

그러던 어느 날 그녀의 집에 갈 기회가 생겼다. 그런데 대문을 열고 집 안에 들어선 순간, 지난번 태양다방에서처럼 깜짝 놀랐다. 전에 선보는 꿈을 꾸었을 때, 꿈속에서 아가씨의 집에 간 적이 있었는데, 그녀의 집이 꿈속에서 보던 것과 너무나도 똑같았다. 하도 신기해 기가 차면서도 우리가 뭔가 특별한 인연으로 맺어져 있는 것만 같았다. 그녀의 집은 우리 집과는 달리 분위기가 자유로웠고 가족들 사이가 무척이나 다정하고 화목해 보였다. 특히 오 남매가 함께 기타치고 노래 부르며 노는 모습이 얼마나 보기 좋았던지. 나도 이들 가족의 일원이 되고만 싶었다.

다행히 그녀 가족들이 나를 좋게 봤던지 결혼 애기가 나왔고, 우리 집에서는 일사천리로 일을 진행시켰다. 결혼도 결혼이지만 그 무렵 아버님이 위독하셔서 서두를 수밖에 없었다. 공주지청에 근무하며 성환에 가끔씩 다녀갈 때마다 아버지의 얼굴이 예전 같지 않아 걱정이었다. 어디 아프시냐고 물어도 아버지는 괜찮다고만 하셨다. 그러다 도저히 안 되겠어서 어느 날 천안에 있는 병원에 모시고 가 진찰을 받게 했다. 그랬더니 아버지가 위암 말기라는 게 아닌가. 앞으로 석 달 정도밖에 못 사신다는 청천벽력 같은 사망선고를 듣고 눈앞이 캄캄했다. 수술도 할 수 없고 더 이상 치료할 필요가 없으니 집에 모시고 가란다. 잡수고 싶은 게 있으면 한이나 맺히지 않도록 맘껏 드시게 하란다.

평생 남의 집 머슴살이만 하고 성환의 형님 댁에서도 방앗간 일을 도우며 어린 조카들을 다 업어 키운 우리 아버지. 호강 한번 못 해보고 죽도록 일만 하다가 암까지 얻은 아버지를 보며 너무나 가슴이 아팠다. 혹시나 하는 희망에, 암에 좋다는 약을 찾아다니며 병세를 호전시키려 애썼지만 소용이 없었다.

우리 집에서는 아버지가 돌아가시면 그 해에는 결혼을 못 한다는 옛 풍습을 들먹이며 올해 안에 내가 결혼해야 한다고 서둘렀다. 많은 우여곡절 끝에 선을 본 지 두 달 만인 11월 22일, 아버지가 거동을 못 하셔서 큰 형님이 아버지 자리를 대신한 가운데 결혼식을 올렸다. 로맨틱한 데이트는커녕 손목 한 번도 못 잡아보고, 요즘 연인들처럼 떠들썩한 이벤트나 프로포즈도 없이 무미건조하게 평생의 반려자를 맞았다.

결혼하고 나서야 안 사실이지만 아내는 나와의 결혼이 영 내키지 않았다고 한다. 집안 괜찮고, 키 크고, 고등교육을 받고, 전라도 출신이 아닌 남자를 이상적인 남편감으로 생각했는데 나의 경우 어느 조건 하나 충족되지 않으니 싫을 수밖에. 다만 한 가지, 내가 쓴 편지를 읽어 보면 사람은 괜찮은 것 같았단다. 그러나 작은 키와 왜소한 체구, 평범하디 평범한 얼굴을 떠올릴 때마다 이건 아니지 싶었다.

그런데 아내의 집안에서는 나와의 결혼을 적극적으로 밀어붙였다. 아내의 큰어머니가 우리 집 작은형님을 수양아들로 삼은 덕분에 작은 형님과 아내는 의남매로서 꽤 사이좋게 지냈는데 그것도 인연이라면 인연이었다. 서로의 집안 사정을 잘 아는데다, 내가 안정적인 직장을 가진 공무원이고 사람 또한 착실하다고 하니 괜찮은 신랑감이라 생각했다. 그런 상황에서 혼자 끙끙거리며 고민하던 아내는 내가 보낸 편지를 선배들에게 보여 주며 자문을 구했더니 이구동성으로 이런 말을 했다.

"키 크고 잘 생긴 남자랑 결혼해봤자 속만 썩어. 그 사람 얼굴은 못 봤지만 편지를 보아 하니 평생 니 속 썩일 일은 없을 것 같다. 튕기지 말고 무조건 잡아."

결혼 적령기도 한참 지났고, 집안에서는 결혼하라고 등 떠밀고, 주위 사람들이 적극 권하자 결국 아내는 마음을 돌려 결혼을 결심했다고 한다.

그걸 신혼여행이라고 할 수 있을까?

바람이 제법 쌀쌀한 어느 늦가을, 성환에 있는 현대예식장에서 결혼식을 올렸다. 식을 마치고 나오는데 자형 되는 분이 다가와 "처남! 여비는 있나?"하시더니 신혼여행에 보태 쓰라며 돈을 쥐어주셨다. 사실 나는 35살 이전에 사법고시에 합격하리란 각오로 공부에 여념이 없었기 때문에 결혼은 예정에도 없었고, 식을 올리고 나서도 신혼여행은 생각지도 못했다. 그러다 자형의 말을 듣고서야 생각이 나 아내의 얼굴을 힐끗 보았다. 로맨틱한 데이트도 없이, 감동적인 프로포즈도 없이 무미건조하게 후다닥 해치운 결혼이라 아쉬움이 많을 텐데 신혼여행까지 생략하면 두고두고 한소리 듣지 않을까?

1981년 11월, 꿈속에서 먼저 만난 이상형의 그녀와 선 본 지
두 달 만에 전격적으로 결혼식을 올렸다.

　　택시를 타고 가까운 온양으로 신혼여행을 가서는 관광호텔에 방을 잡았다. 그런데 아내와 단둘이 한방에 있게 되자 어색해서 미칠 것만 같았다. 서로 눈이라도 마주치면 잽싸게 다른 데로 시선을 돌리기 바빴다. 아무 말도 않고 가만 있을 수 없어 대화를 시도했지만 몇 마디 이어가질 못하고 툭툭 끊어지곤 했다. 무거운 침묵 속에서 상대가 침 삼키는 소리까지 들렸다. 워낙 숫기가 없는 성격인데다 공무원 시험 준비하느라 여자 한 번 못 사귀어봤고, 결혼 전에도 손목 한번 못 잡아 본 숙맥이라 첫날밤을 보낼 일이 걱정이었다. 그냥 막연히 어떻게든 되겠지 생각했는데 닥치고 보니 그렇지도 않았다. 어색함을 도저히 견딜 수 없어 욕실에 가서 샤워를 하는 것으로 아내를 피했다. 잠시 후 샤워를 마치고 나오자 아내가 이렇게 말했다.

　　"둘만 있기 어색한데, 차라리 우리 집에 가는 게 어때요?"

　　차라리 그게 낫겠다 싶어 나도 좋다고 했다.

　　방에 올라간 지 한 시간 만에 다시 짐을 싸서 프론트로 내려갔다. 호텔 종업원들은 그런 우리를 보고 깜짝 놀라 방이 불편하냐, 싸웠냐 물어보았다. 그런 게 아니라고 대충 얼버무리곤 서둘러 호텔을 빠져나왔다.

　　처갓집에 가보니 일가 친척과 손님들이 모인 가운데 잔치가 벌어져 아직 여흥을 즐기고 있었다. 우리가 나타나자 다소 놀라긴 했지만 왜 왔는지 대충 짐작하시는 듯했다. 가족들과 어울려 떠들다 보니 아내와의 어색함이 조금은 덜했다. 잠시 후 장모님께서 대청마루가 달린 안방으로 우리를 안내하시며 피곤할 텐데 어서 자라고 말씀하셨다. 그렇게 우여곡절을 겪은 끝에 우리는 겨우겨우 역사적인 첫날밤을 치렀다.

다음 날 아침 날이 밝자 밖에서 처갓집 식구들의 인기척과 말소리가 들렸다. 나가서 세수도 하고 밥도 먹어야 하는데, 첫날밤을 치른 새신랑으로서 그들 앞에 나설 생각을 하니 부끄러워 견딜 수가 없었다. 그래서 방을 나가기도 전에 귀까지 빨개졌다.

잠시 후 밖에서 우리를 부르는 소리가 들렸다. 머뭇거리다 아내에게 먼저 나가라고 하자 아내 역시 쑥스러워 하며 나보고 먼저 나가라고 했다. 한참 동안 실랑이를 벌이는데 장모님이 문밖에 와서 문을 열 기세로 재촉하는 게 아닌가.

"정서방 뭐하나? 아직 안 일어났나?"

"… 일어났습니다."

"빨리 나와서 씻고 아침 먹게나."

"아, 예에…."

얼굴에 철판을 깔고 밖으로 나섰다. 처갓집 식구들은 숙맥같은 새신랑을 배려하느라 짓궂은 질문은커녕 일부러 소 닭 보듯이 대했다.

그 이튿날부터는 아버지가 앞으로 얼마 못 사실 것 같아서 성환의 작은형님 댁에서 아버지, 어머니를 모시고 네 식구가 한방에서 며칠을 지냈다. 갓 결혼한 새색시에게 아무런 배려도 없이 너무도 힘들고 가혹한 신혼을 보내게 한 것이 두고두고 가슴 아픈 기억으로 남아 있다.

남자는 결혼을 해야 어른이 된다

총각 시절에 모아 두었던 얼마간의 돈으로 공주에 월세방을 얻어 신혼살림을 차렸다. 그런데 결혼하고 14일 만에 아버지가 위암으로 돌아가셨다. 의사 말대로 암 선고를 받고 꼭 석 달 만에 돌아가셨는데, 혼자되신 어머님을 우리가 모시고 공주 읍내에 있는 단칸방에서 세 식구가 함께 살게 되었다.

교제 기간도 없이 바로 결혼해 부부 사이가 서먹서먹한데다 아버지의 죽음으로 웃음을 잃고, 어머님까지 모시고 살다 보니 깨가 쏟아지는 신혼의 달콤함 따위는 아예 없었다. 더구나 사법고시를 준비한답시고 낮에는 검찰청에서 일하고 밤에는 책상 앞에 앉아 있었으니 아내와 마주보고 대화할 시간도 많지 않았다.

　지금 생각하면 참으로 무심한 남편이었으나, 다행히도 아내는 일희일비하지 않고 무던한 성격이라 어려운 상황을 슬기롭게 이끌어 갔다. 내가 집에 돌아오면 공부에만 전념할 수 있게 내조를 아끼지 않았고, 신혼 초부터 어머님을 모시고 살면서도 짜증 한 번 부린 적이 없었다. 식사 때마다 시어머니 밥숟가락에 고기를 발라서 얹어드리며 극진하게 모시는 걸 보고 역시 내가 장가 하나는 잘 갔구나 싶었다. 아들인 나도 그렇게 못 하는데 남들이 보면 친딸인 줄 알 만큼 살갑게 구는 게 얼마나 고맙고 예뻐 보이던지. 마누라가 예쁘면 처갓집 말뚝 보고도 절을 한다는데, 아내는 내가 어디가 이뻐서 그런 과분한 대접을 해줄까? 생각하면 생각할수록 미안했고 아내에게 잘해야겠다는 생각이 들었다. 아내는 시댁 식구들이 알 수 없는 이유로 은근히 시집살이를 시킬 때도 묵묵히 참아내며 집안에 분란을 일으키지 않으려고 애썼다. 그럴 때마다 나서서 아내 편을 들고 싶었지만 잘못했다가는 아내가 더 힘들 것 같아 그냥 모른 척했다.

　남자는 결혼을 해야 어른이 된다는 말이 맞는 걸까? 한 집안의 가장이 되자 전처럼 나 하나만 생각할 수는 없었다. 집안일은 나 몰라라 한 채 사법고시에 매달리는 게 과연 잘하는 짓일까? 고시 공부를 한다고 검찰청 일을 소홀히 한 적은 없지만 아무래도 관심이 분산되다 보니 업무에 있어 집중도가 떨어지는 건 아닐까? 한때는 학력 콤플렉스와 왜소한 체구를 걱정하며 검찰공무원 생활을 끝까지 잘 해

혼자되신 어머님을 모시고 살던 신혼 초,
세 식구가 나들이를 나갔다. 아내는 남들이 보면
친딸인 줄 알 만큼 어머니에게 살갑게 굴었다.

낼 수 있을까 걱정했는데, 지금은 어느새 자리를 잡았다고 딴짓(?)까지 하다니. 장족의 발전이긴 했지만 나랏일 열심히 하는 국민의 머슴이 되겠다던 다짐이 왠지 퇴색한 것 같아 마음이 편치 않았다. 게다가 연차가 쌓이면서 내가 해야 할 일이 늘어나고, 책임 또한 커지자 더 이상은 일과 고시 공부를 병행하기 힘들었다.

그 무렵 아내는 시댁 식구들의 모진 구박과 학대를 견디느라 스트레스가 이만저만이 아니었다. 시댁 식구들이 아내를 못살게 군 데는 여러 가지 복합적인 이유가 있겠지만, 아마도 혼수가 성에 차지 않아 그랬던 것 같다. 내가 검찰사무직에서 일하는 걸 대단한 벼슬로 여기고는 그 정도 남자와 결혼하려면 거기에 걸맞게 혼수를 해와야 한다고 생각한 모양이었다. 그래서 사사건건 트집을 잡으며 아내를 힘들게 했다.

그런데 남편이라는 사람은 아내가 어떤 고통을 받는지, 집안에 어떤 일이 있는지 관심도 없고, 공부한답시고 매일 밤 12시가 넘어서야 집에 들어오니 아내가 혼자서 얼마나 서럽고 괴로웠을까. 결국 아내는 극심한 스트레스를 이기지 못해 첫 아이를 자연 유산하고 말았고, 나중에는 음독자살까지 시도했다.

나는 이 사실을 뒤늦게야 알고 정신이 번쩍 들었다. 고시 공부에 매달린답시고 아내의 고통을 나 몰라라 한 자신이 너무나도 부끄럽고 미안하고 가슴 아팠다. 가화만사성家和萬事成이라고, 꿈을 좇는다는 이유로 가정을 위태롭게 할 순 없었다. 결국 고시 공부를 그만두기로 마음먹었다. 지금으로선 본업에 충실하며 검찰청에서 내 위치를 굳건히 다지고, 가장으로서 가정을 화목하게 만드는 것이 중요했다.

다시 초심으로 돌아와 공무에 전념했다. 모든 국가공무원 시험에 학력 철폐를 시행한 박정희 대통령께서는 "설거지를 하는 사람이 그릇도 깨뜨린다."는 말씀을 하셨다. 흔히들 공무원 사회를 비난할 때 복지부동伏地不動이란 단어를 자주 언급하는데, 나 스스로도 가장 경계해야 할 것이 복지부동이라 생각했다. 일하지 않으면 실수도 없고 문책을 들을 일도 없지만 그래서는 안 된다고 생각했다. 비록 실수를 하더라도 소신껏 일하는 사람에게 관대해야 열심히 일하는 공무원이 더 많아지고 그 결과 우리 사회가 더 나아지지 않을까? 박 대통령의 말씀을 좌우명으로 삼아 몸 사리지 않고 소신껏 일하는 수사관이 되리라 다짐했다.

열 사람의 도둑을 놓치는 한이 있어도

성남지청 검사실에 송치된 사건을 조사하던 어느 날, 수갑을 찬 40대 중반의 강간 피의자를 경찰관이 데리고 왔다. 피의자는 방에 들어오자마자 무릎을 꿇고는 무죄를 호소했다.

"검사님! 제발 살려 주세요, 너무 억울합니다. 저는 절대로 강간하지 않았습니다."

죄 지은 사람이 "내가 그랬소."하고 순순히 자백하랴 싶어 피의자들의 상투적인 변명으로 치부하려는데, 그의 절절하고 진정성 있는 눈빛이 예사롭지 않았다. 그래서 경찰관에게 피의자를 데리고 나갔다가 내가 부르면 다시 들여보내라고 지시하고는 사건 기록을 검토했다. 사건 혐의 내용은 이랬다. 피의자는 시외버스 기사였는데 안내양으로 일하는 아가씨를 강간했다는 것이다. 이는 강력사건으로 섣불리 예단하거나 가볍게 판단할 일이 아닌 것 같아 그날은 인정신문 인적사항만 간단하게 물어 보는 일만 마치고 피의자를 돌려보냈다.

기록을 좀 더 꼼꼼히 살펴보고 나서 강간이 아니라는 심증이 굳어져 검사님께 말씀드렸다.

"사건 기록을 살펴보니까 미심쩍은 부분이 있어서요. 철저하게 재수사를 하는 게 어떨까요?"

"경찰에서 피의자 자백까지 받아서 송치한 거 아닙니까? 그런데 이제 와서 피의자 말만 듣고 다시 사건을 뒤집다니요? 대체 근거가 뭡니까?"

눈빛 얘기를 하면 검사님이 화를 낼 것 같아 그 얘기는 뺐다.

"기록을 살펴보니까 피의자 진술에 신빙성이 있고, 고소인의 진술이 정황상 납득이 안 가는 부분이 있습니다."

"어디 한번 봅시다."

검사님은 사건 기록을 검토하더니 화가 나서 언성을 높이셨다.

"이거 누가 영장에 서명한 겁니까? 영장 서명한 검사 방으로 재배당합시다."

그러나 재배당 사유가 안 되기 때문에 어쩔 수 없이 사건을 송치받은 우리 방에서 수사를 할 수밖에 없었다. 검사님은 철저하게 조사를 잘 해달라고 하셨다.

피의자 진술은 들을 만큼 들었으니 이번에는 고소인을 불렀다. 고소인은 21살 된 시외버스 안내양이었는데 어딘지 모르게 불안한 표정이었다. 그녀가 조사를 받으며 수치스러워할까 봐 최대한의 배려를 하며 조심스럽게 말했다.

"아가씨. 나를 수사관이라고 생각지 말고 그냥 집안 삼촌이나 오빠처럼 편하게 생각하고 말해 봐요. 기사 아저씨는 절대로 강간하지 않았다고 하던데 사실입니까?"

"……."

"만약 아저씨가 거짓말한 거면 법정 최고형으로 혼을 내줄 테니 걱정 말아요. 하지만 강간하지 않았다는 말이 사실이면 어떻게 되겠어요? 그 아저씨 부양 가족이 여섯이나 되는데 가장이 감옥에 가고 나면 식구들 살 길이 막막할 거 아닙니까?"

그녀의 안색이 급격히 어두워지며 눈꺼풀이 파르르 떨렸다.

"더구나 죄 없는 사람을 고소하면 무고죄에 해당하는 거 알아요?"

"……."

"어떤 사정이 있는지는 모르지만 그 아저씨가 강간을 했는지 안 했는지 그거만 사실대로 말해봐요. 네?"

"실은… 강간당하지 않았어요."

"그럼 왜 강간당했다고 고소했어요?"

"저는 그럴 생각이 없었는데 아버지가…."

"아버지가 왜요?

안내양 아가씨의 아버지는 딸이 고등학교까지 졸업하고도 취직을 못해 집에서 빈둥거리자 무척 못마땅하게 여겼다. 그러다 서울과 대전을 오가는 시외버스의 안내양으로 취직하자 흐뭇해했다. 그런데 멀쩡히 회사에 잘 다니던 딸이 며칠 동안 일을 안 나갔다. 보아 하니 말 못 할 사정이 있거나 그냥 다니기 싫어서 회사에 안 나간 것 같은데, 아버지한테 사실대로 말할 수가 없어 둘러댄다는 게 기사 아저씨한테 당했다고, 그래서 창피해서 도저히 회사에 못 나가겠다고 거짓말을 해버렸다. 그러자 아버지가 펄펄 뛰며 곧장 경찰서로 가 강간죄로 기사를 고소한 것이다.

경찰에서는 고소인 조사를 하면서 아가씨 몸에 구타당한 흔적이 하나도 없는 걸 이상하게 여겼다.

"아저씨가 강간하면서 때리지 않았어요?"

"그런 적 없는데요."

"아니, 강간을 당했으면 힘으로 제압당하거나 맞은 흔적이 있어야 할 거 아닙니까? 정말 아가씨가 당한 거 맞아요?"

형법상 강간죄는 폭행 또는 협박으로 부녀를 간음해야 성립하는 것인데, 아무래도 이상했다.

그러자 이 상황을 지켜보던 아버지가 조사를 중단시키고는 딸을 집으로 데려갔다. 그리고는 내의만을 입힌 채 허리띠를 풀어 딸을 때렸다.

"너 바보냐? 경찰이 물으면 맞았다고 해야지 거기서 왜 아니라고 해? 맞았다고 해야 강간죄가 성립할 거 아냐?"

다음 날 아버지는 멍투성이가 된 딸을 경찰에 데려와 조사를 받게 했고, 버스 기사가 때린 자국이라고 우기게 했다. 그러나 조사하는 과정에서 놀라운 사실이 드러났다. 피의자인 버스 기사와 아가씨는 직장에서 눈이 맞아 화간을 했고, 기사를 유혹한 건 오히려 여자 쪽이었다.

조사 끝에 결국 피의자를 무혐의로 석방할 상황이 되었다. 그때까지도 안내양 아가씨의 아버지는 "내 딸을 강간한 기사 놈을 왜 처벌하지 않는 겁니까?"하고 고함을 지르며 억울해 했다. 아버지를 조용히 불러 그간에 딸이 진술한 내용과 사건의 진상을 설명했다.

"고소를 취소하지 않으면 아버님과 따님이 무고죄로 처벌받을 수밖에 없습니다. 잘 생각해서 결정하세요."

그제서야 고소인의 아버지는 고개를 떨구며 잠잠해졌다. 걱정이 되었는지 이튿날 우리 방에 다시 찾아왔다.

"저… 실은 민사로 손해배상 소송까지 했는데 어떻게 처리하면 좋겠습니까?"

"민사 소송은 변호사나 법무사 사무실에 가서 자문을 받으시는 게 좋을 겁니다."하고 법률상담까지 해주어야 했다.

결국 아가씨의 아버지가 고소를 취소해 공소권 없음으로 피의자를 석방함으로써 사건이 종결되었다. 버스 기사의 혐의를 벗겨 억울함을 풀어준 데는 보람을 느꼈으나 안내양의 아버지를 보면서 씁쓸했고 정말 친아버지가 맞나 싶었다.

오늘날은 강간을 당하면 쉬쉬하며 덮기보다는 범죄자를 잡아 처벌받게 하는 데 주력한다. 강간을 조사하는 과정에서도 되도록 피해자를 배려하고 인권을 존중하려 애쓴다. 그러나 그 사건이 일어났을 당시는 상황이 그렇지 못했다. 강간을 당해도 오히려 피해자가 더 죄스러워했고 사건을 조사하는 과정에서도 지금처럼 피해자를 배려하지 못했다. 더구나 그런 사실이 알려지면 혼삿길이 막힌다고 해서 행여나 알려질까 쉬쉬하는 사람들도 많았다. 안내양 아가씨의 아버지는 딸이 당했다고 생각했을 때도 딸의 마음을 헤아리지 않았다. 사실은 강간당하지 않았다는 걸 알고도 피의자에게 돈을 받아낼 심산으로 없는 증거까지 만들어냈다. 딸의 평판이며 앞길은 생각지도 않고 이를 이용해 금전적인 이득을 취하려는 걸 보고 우리 사회에 만연한 황금만능주의의 병폐를 본 것 같아 뒷맛이 개운치 않았다.

조사할 사건은 많은데 수사관 수는 적다 보니 사건이 폭주하면 그저 일 처리에 바쁠 때가 있다. 피의자의 진술을 제대로 듣지도 않고 자의적으로 사건을 판단하고는 일방통행식으로 끌고 가기도 한다. 그럴 때마다 "열 사람의 도둑을 놓치는 한이 있어도 억울한 한 사람을 만들지 말라."는 법언法言을 떠올려 본다.

검찰을 이긴 까막눈 할머니

검찰에서 무혐의 처리된 불기소 사건기록이 헌법재판소로부터 내려와 내가 근무하는 검사실로 배당되었다. 사건의 고소인인 최 할머니는 시집간 지 7년이 되어도 아이를 못 낳는다는 이유로 소박을 맞고 쫓겨난 후 혼자 보따리 장사를 하며 안 먹고 안 입고 갖은 고생을 하며 돈을 모아서 경기도 광주에 땅 5백여 평을 샀다. 유일한 재산인 그 땅만 생각하면 안 먹어도 배가 부를 만큼 마음이 든든했고 노후 걱정은 덜었다고 안심했다. 그런데 어느 날 그 땅이 자신도 모르는 사이에 의붓사위에게 명의 이전된 사실을 알고는 깜짝 놀랐다. 의붓사위는 할머니의 남편이 얻은 소위 '작은 댁'의 사위로, 할머니에겐 그저 호적상으로만 사위일 뿐이었다. 기가 막힌 할머니는 의붓사위를 찾아가 따졌는데 그쪽에서는 되레 큰소리를 쳤다.

"나한테 땅을 넘겨 놓고 왜 이제 와서 딴소립니까?"

땅을 넘긴 적이 없는 할머니로선 억울해서 미치고 팔짝 뛸 노릇이었다.

도저히 해결 방법이 없어 1991년 4월 경기도 광주경찰서에 의붓사위를 고소했다. 그러나 경찰은 이 씨를 무혐의 처리했고 검찰도 마찬가지였다. 최 할머니는 사건을 재수사해 달라고 서울고검에 항고했는데, 이것이 받아들여져 성남지청에 재수사 지시가 떨어졌다. 그런데도 성남지청은 피고소인에게 또다시 무혐의처분을 내렸다. 할머니는 다시 서울고검에 항고했으나 이번에는 기각됐다. 대검에도 재항고했지만 역시 기각되었다. 땅을 되돌려 달라는 취지의 민사소송도 냈는데 1심과 2심에서 모두 패소했다. "최 할머니가 이 씨에게 땅을 넘겨주겠다는 말을 들었다."는 동네 사람의 증언이 있었기 때문이었다.

할머니는 마지막으로 헌법재판소에 헌법소원을 냈다. 다행히 헌법재판소는 이 씨를 불기소한 검찰의 처분이 잘못됐다는 내용의 결정을 내림으로써 할머니의 마지막 기대를 저버리지 않았다. 때마침 민사소송을 심리한 대법원도 할머니의 청구를 기각한 원심을 파기하고 사건을 수원지법으로 되돌려 보냈다.

사건 기록을 받아 거기에 첨부된 헌법재판소 재판관들의 불기소처분 취소 결정문을 읽어 보았다. 상식과 법리에 부합하는 논리 정연

한 글에 감탄하며 역시 헌법재판관들은 다르구나 생각하며 감동까지
받았다. 또한 할머니가 제대로 교육을 받지 못해 글을 모르는 까막눈
임을 알고는 가슴이 답답했고, 할머니가 불쌍하다는 생각이 들었다.
글도 모르면서 고소장을 접수하러 다니느라 얼마나 힘들었을까? 다
행히 먼 친척의 도움을 받아 소송을 진행했다는데 할머니의 고독한
싸움에 마음이 짠했다. 어떻게든 할머니의 억울함을 풀어주고 싶었
다. 정의감에 불타 검사님께 보고 드리며 사건을 다시 조사하자고 말
했다.

"처리할 사건이 산더미 같은데 그 건은 시간 나면 나중에 검토합
시다."

"오랫동안 끌어온 사건인데 이제는 할머니의 한을 풀어드려야 하
지 않을까요?"

"정 그렇게 마음에 걸리면 우리 방 사건 처리에 지장 없게 진행하
세요."

"예, 알겠습니다."

처음부터 다시 시작하는 마음으로 할머니의 사건을 꼼꼼히 조사
했다. 먼저 고소인인 할머니를 불러 차근차근 진술을 들었다. 할머니
는 경찰에서는 묻지도 않은 일을 참 세심하게도 조사한다며 흡족해
하셨고, 진술을 하다 감정이 복받쳤는지 눈물을 흘리셨다.

"평생을 고생 고생해서 겨우 산 땅인데, 그걸 뺏어가려고 없는 말
을 지어내고, 나를 노망난 할망구로 몰다니. 이렇게 억울한 일이 어
딨겠소? 동네 사람을 매수해서 내가 땅을 물려주겠다는 말을 했다고

거짓 증언까지 시키고…. 그 놈의 거짓이 끝끝내 안 밝혀지면 내가 죽어서도 편히 눈 감지 못할 거유.”

그런데 수사가 마무리되어 갈 무렵 피의자가 낌새를 챘는지 전 지청장 출신 변호인을 선임해 방어하기 시작했다. 진술을 듣기 위해 소환하면 변호인의 사무실에다 먼저 연락을 해 내용을 확인한 다음에야 조사를 받았다. 참으로 괘씸하고 얄미운 피의자였다.

조사를 모두 마친 다음 죄질이 극히 나쁘니 구속하자고 검사님께 건의했다. 검사님은 합의가 되면 불구속 기소라도 하려고 합의를 종용해 보라고 했다. 그러나 피의자는 변호인을 굳게 믿었던지 합의를 거부하며 사실 자체를 시종일관 부인했다. 할머니 역시 합의할 생각이 없다고 했다.

“그동안 억울하고 분했던 걸 생각하면 합의 못 해주겠소. 그 놈이 감옥 가는 걸 내 눈으로 꼭 봐야겠소.”

결국 사전영장을 받아 피의자를 구속하기 위해 소환했다. 피의자가 전화 좀 쓸 수 없겠냐고 묻기에 집에 전화하는 줄 알고 전화를 건네주었더니 변호인 사무실로 전화를 걸어서는 대뜸 욕설과 폭언을 퍼부었다.

“니들 뭐야? 내가 지금 교도소에 가게 생겼는데 그것도 모르고 검찰청에 들어가라고 해? 돈 받아 처먹었으면서 이렇게밖에 못 해?”

더 듣고 있을 수가 없어 전화를 뺏고는 이렇게 말했다.

“변호인만 선임하면 아무리 못된 짓을 해도 무사할 줄 알았나요? 그럼 이 세상에 감옥 갈 사람이 어딨겠습니까? 억울하다 생각 말고

교도소에 가서 반성하세요. 그래도 호적상으로는 장모님인데 그 땅 빨리 돌려 드리고 용서받는 게 좋을 거요.”

이 사건은 검찰이 사상 처음으로 헌법재판소의 불기소처분 취소 결정을 받아들여, 당초 무혐의 처리했던 피고소인을 뒤늦게 구속 기소한 사건으로 세간에 큰 화제가 되었다. 피의자가 구속되자마자 기자들이 벌떼같이 몰려와 취재 경쟁을 벌였고, ‘까막눈 할머니가 검찰 이겼다’는 기사가 신문에 보도되었다. 그리고 텔레비전의 9시 뉴스에서도 전파를 탔다. 할머니도 그 뉴스를 보셨는지 이튿날인가 검사실로 찾아 오셔서 이렇게 물었다.

“조사는 선상님이 다 했는디 테레비에는 왜 딴 사람이 나온대요?”

“그건 이 방 주인인 검사님이 사건을 처리하는 책임자이기 때문이에요.”

“어쨌거나 참말로 고맙소잉. 내가 이제는 두 다리 쭉 뻗고 잘 수 있것소.”

할머니는 이가 다 빠진 입속을 드러내며 활짝 웃으셨다. 내가 검찰에 입문한 이후 가장 가슴 뿌듯하고 보람과 긍지를 느꼈던 사례로 기억된다.

전례가 없으면 만들리라

탱크로리를 운전하던 기사가 오토바이를 몰고 가던 17살의 고등학생을 치어 그 자리에서 숨지게 한 사건이 있었다. 사망한 학생이 중앙선을 침범했기 때문에 피의자였고, 그래서 '공소권 없음' 의견으로 송치되었다.

그런데 사건 기록을 백날 들여다 봤자 납득이 가지 않아 현장을 한번 살펴보고 싶었다. 사고가 난 곳은 커브가 심한 길이었는데 탱크로리 기사가 사망사고 전력이 세 차례나 있다는 게 영 마음에 걸렸다. 몸체가 긴 탱크로리가 커브를 돌게 되면 아무래도 중앙선을 물고서 돌지 않을까?

현장검증을 다시 해야 할 것 같아 검사님께 보고 드렸다. 마침 처리해야 할 사건이 산더미 같이 쌓여 있던 때라 검사님은 썩 내키지 않는 듯했다.

"교통사고 현장검증을 검찰에서 다시 한 전례가 있나요?"

"그런 예는 아직 없지만 우리가 선례를 만들면 되지 않겠습니까?"

주제넘은 것 같긴 해도 소신껏 말씀드렸다.

"사망한 학생이 중앙선을 넘었다고 하는데 아무리 봐도 피의자보다는 탱크로리 쪽이 그랬을 가능성이 큽니다. 탱크로리 기사가 사망사고 전력이 세 차례나 있고 전에도 커브길에서 사고를 냈더라구요. 현장검증을 다시 해보죠."

내가 끝까지 주장을 굽히지 않자 검사님은 관할 경찰서 교통과에 연락해 재검증을 해보자고 했다.

며칠 후 현장검증을 다시 하게 되었다. 사고를 낸 운전자는 사고 장소인 커브 길에서 탱크로리를 몰았다. 중앙선을 침범하지 않으려고 땀을 뻘뻘 흘리며 핸들을 틀어잡고 끙끙거렸으나 역부족이었다. 탱크로리의 바퀴가 중앙선을 물고 도는 것을 사진으로 찍었다. 운전기사는 그제서야 자신의 과실을 인정했다.

"아저씨가 고의로 사람을 치어 죽게 한 건 아니지만 그렇다고 잘못이 없는 건 아닙니다."

"죄송합니다. 어린 생명이 한번 피어보지도 못 하고 죽어서 저도 실은 마음이 아프네요."

"앞으로 아저씨는 운전하지 마세요. 무고한 생명을 넷이나 저 세상으로 보내 놓고 또 운전을 한다는 게 말이 됩니까? 운전대하고는 궁합이 안 맞는 것 같으니까 다른 직장을 알아보세요. 그게 아저씨 본인이나 가족을 위해서도 좋을 거고, 앞으로 생길지 모를 피해자를 위해서도 좋을 겁니다.”

“… 안 그래도 제가 큰 사고를 자주 내서 집사람이 불안해 못 살겠답니다. 할 줄 아는 게 운전밖에 없어서 다른 방법이 없다고 생각했는데 그게 잘못이었나 봅니다. 저 살자고 다른 사람을 죽게 하면 안 되는 건데….”

결국 탱크로리 운전기사를 교통사고처리특례법 위반으로 구속 기소했다. 경찰에서 조사를 끝낸 것을 검찰에서 다시 현장검증까지 해 가며 사건을 뒤집은 전례가 되었다.

얼마 뒤 법무부로 발령이 나 전출되는 바람에 그 사건은 잊고 지냈는데 탱크로리 운전기사가 나중에 항소심에서 피해자인 학생 가족과 합의했다는 소식을 들었다. 억울한 피해자에게 조금이라도 보탬이 됐다는 생각에 가슴이 뿌듯했다.

어머니, 제가 해냈어요!

업무를 끝낸 후 사무실에 남아서 공부를 하다 매일 밤 12시가 다 돼서야 귀가했다.

주말은 물론이고 추석이나 설날에도 사무실에 나가 책을 보았다.

연휴가 길어질 때면 아예 이불을 가지고 가 사무실 소파에서

새우잠을 자며 공부하기도 했다. 그 옛날 이발소에서 시험공부를 하며

소파에서 타올을 덮고 자던 시절로 돌아간 것 같았다.

"영원히 살 것처럼 꿈꾸고 내일 죽을 것처럼 살아라."

머나먼 당상관의 꿈

당상관堂上官이란 조선시대에 정삼품 이상의 품계에 해당하는 벼슬을 통칭하는 말로, 오늘날에는 검찰청의 5급 이상 사무관을 당상관이라 부르기도 한다.

검찰사무직에 9급 서기보로 들어오면 8급인 서기를 거쳐 7급인 주사보에 이르고 다음으로 6급인 주사가 된다. 일선에서 실무를 이끌어가는 건 주로 6급과 7급이라 할 수 있다. 그 다음으로 5급이 사무관이고 4급은 서기관, 3급은 부이사관, 2급은 이사관, 그리고 1급은 관리관이다. 그 위가 차관이고 각 행정부서의 최고 수장이 장관이다.

대체로 9급부터 6급까지는 시험 없이 근무 태도와 실적, 업무 능력 등을 평가받거나, 시험이 있어도 어렵지 않은 전형을 거쳐 승진한다. 말단 공무원에서 시작해 6급까지 올라가는 데 대체로 15년이 넘게 걸리고, 6급에서 5급으로 올라가려면 어려운 승진 시험을 치러야 한다. 그런데 이 시험이 만만치가 않아서 승진하지 못하고 그냥 6급에서 그치는 사람이 많다. 그래서 5급 이상을 당상관이라 부르는가 보다.

6급인 검찰주사로 일한 지 5년쯤 되었을 때 5급 사무관 승진 시험을 준비할 것인지, 아니면 나가서 법무사를 할 것인지 양자택일의 기로에 섰다. 그 무렵 IMF가 터져서 법무사 사무실을 개업하기엔 최악의 상황이었다. 승진도 못 한 채 계속 버티는 건 도저히 자존심이 허락지 않아 시험을 준비하려고 마음먹었다. 남들에 비해 배움도 짧고 부족한 것이 많지만 그렇다고 못할 것도 없지 않은가? 결핍이 사람을 만든다고, 남보다 부족했기 때문에 더 뜨겁게 꿈꾸고, 치열하게 도전하며 지금껏 살아오지 않았던가?

처음에는 선배들의 경험담을 들으며 나도 하면 되겠지 하는 막연한 기대로 공부를 시작했다. 처음 1년은 워밍업 기간이라 생각하고 별다른 걱정 없이 책을 넘겼다. 그러다 첫 승진 시험을 치렀는데 합격보다는 참가에 의미를 두며 올림픽 정신으로 임했다.

그런데 해를 거듭하며 번번이 낙방하자 조급해지기 시작했다. 선배들이 합격할 때는 당연한 일로 여겼고, 동기가 합격했을 때도 그러려니 했다. 그러나 후배가 합격했을 때는 적지 않은 충격을 받았다.

비록 시험에는 떨어졌지만 승진 시험 준비가 얼마나 힘들고 고달픈지 잘 알기에 합격한 후배들에게 축전을 보냈다. 그러자 후배들은 미안해했다.

"저만 합격해서 죄송합니다."

"시험에 떨어졌는데도 합격한 후배들을 챙겨 주시고 정말 대단하십니다."

"선배님! 내년에는 꼭 합격하시길 기도하겠습니다."

그런 후배들을 보며 더 독을 품고 공부에 강도를 더했다. 업무를 끝낸 후 사무실에 남아서 공부를 하다 매일 밤 12시가 다 돼서야 귀가했다. 주말은 물론이고 추석이나 설날에도 사무실에 나가 책을 보았다. 연휴가 길어질 때면 아예 이불을 가지고 가 사무실 소파에서 새우잠을 자며 공부하기도 했다. 그 옛날 이발소에서 시험공부를 하며 소파에서 타올을 덮고 자던 시절로 돌아간 것 같았다.

그럼에도 불구하고 다음 해 시험에서 또 떨어졌다. 결과를 확인하고 차마 집에 들어갈 용기가 나지 않아 좋아하지도 않는 술을 마시곤 거리를 방황하기도 했다. 그 다음 해인가는 2차를 합격하고도 1차에서 떨어졌다. 시험 일정상 1차 합격자 발표를 하기 전에 2차 시험을 치르게 돼 있어서 그런 케이스가 종종 있었다. 또 한번은 사무관을 55명 선발하는데 56등이 되어 간발의 차이로 아깝게 떨어지기도 했다.

그러다 보니 별별 생각이 다 들었다. 사주학에서 관운이란 5급 사무관 이상을 말한다던데 내 팔자에 관운이 없는 게 아닐까? 초등학교밖에 못 나온 처지에 검찰주사까지 했으면 됐지 뭘 더 바라랴. 내가 과욕을 부리는 것이 아닐까? 그냥 여기서 만족하고 당상관의 꿈을 포기하는 게 낫지 않을까? 하지만 그동안 시험 준비 하느라 고생했던 것이 억울해서라도 그럴 수는 없었다. 여기서 그만두는 건 단순히 시험을 포기하는 걸 넘어서 내 인생을, 그리고 삶의 희망을 포기하는 걸 뜻했다. 그럴 수는 없었다. 그 오랜 세월을 묵묵히 기다리고 참아준 아내와 아이들에게 가장으로서 나약한 모습을 보여주긴 싫었다. 그들에게 희망을 보여주고 싶었다.

투지가 약해지며 다 포기하고 싶은 생각이 들 때마다 언젠가 부산 해동 용궁사에 갔을 때 입구의 바위에 새겨져 있던 글귀를 떠올렸다.

"너의 과거를 알고 싶거든 네가 지금 받고 있는 모습을 보아라. 너의 미래를 알고 싶거든 지금 네가 하고 있는 것을 보아라."

지금 내가 힘들고 고통스러운 건 더 나은 미래를 만들기 위함임을 명심하며 마음을 다잡았다.

업무 시간 외에 조금이라도 여유가 생기면 시험공부에 투자했다. 늘 아침 일찍 출근해 밤하늘의 별을 보고 퇴근하며 일과 공부에만 매달렸다. 그러다 보니 집안을 제대로 돌보지 못했고 휴일에 가족 나들이를 가는 건 남의 일이 된 지 오래였다.

언젠가 한번은 이미 합격자를 발표했는데 장인어른 기일이 다가오자 아직 발표를 안 했다고 거짓말까지 했다. 내가 떨어진 걸 알면 아내가 마음 아파하며 제사에 가지 않을 게 뻔한데, 그럴 수는 없었다. 처갓집 식구들은 아직 발표가 안 났다는 말을 듣더니 올해에는 꼭 합격하라고 빌어 주었다. 장인어른 지방 앞에 사위가 먼저 술 한 잔 올리라고 하시길래 아내가 준 술잔을 두 손으로 받아 들고 제사상에 올리는데, 순간 눈물이 핑 돌았다.

집안을 돌볼 겨를도 없이 허구한 날 책과 씨름하는 나를 보고 아내가 얼마나 답답했을까? 저러다 시험에도 영영 못 붙고 검찰에서도 나와야 하면 어떡하나 싶어 아내의 걱정이 이만저만 아니었나 보다. 아내는 나 하나만 믿고 살 수는 없다는 생각에 보험 외판원과 건강식품 판매원 등 돈이 된다는 일은 가리지 않고 이것저것 대들었다. 그러다 한번은 병원 장례식품 납품업에 투자하면 수익이 괜찮다는 말에 속아서 나 모르게 꽤 많은 돈을 빌려 주었다가 그 돈을 모두 떼이고 말았다. 아내는 너무 속이 상한 나머지 자살이라는 극단적인 생각까지 했었단다.

그런 아내가 너무 안쓰러워 달래 주느라 한동안 무척 애를 먹었다.

"너무 상심 말아. 사람 나고 돈 났지 돈 나고 사람 났나? 그 돈 없어진 걸로 액땜했다 생각해. 사실 따지고 보면 당신 탓만도 아냐. 다 내가 못난 탓이지. 내가 진작에 시험에 붙었으면 당신이 이런 일까지 벌일 필요 없었잖아."

아내를 위로하며 가족을 위해서라도 시험에 꼭 붙으리라 각오를 다졌다.

그러나 낙방이 반복되자 패배감에 젖어서인지 날로 집중력이 떨어졌다. 나중에는 타성에 젖어 책을 보는 듯했다. 쉬어도 쉰 것 같지 않고, 책을 붙들어도 머리에 들어오지 않아 참으로 답답한 나날을 보냈다. 그럼에도 불안한 마음에 손에서 책을 놓을 순 없었다. 이대론 안 되겠다 싶어 좀 더 효율적으로 공부할 수 있는 방법을 찾아보려 했지만 그 역시도 쉬운 일은 아니었다.

끝이 보이지 않는 시험공부와 되풀이되는 낙방으로 지쳐 있을 때 내게 힘이 되어준 분이 있다. 서울중앙지방검찰청 특수 제3부 홍만표 부장검사님이다. 이제까지 많은 검사님들과 함께 일하며 동고동락했지만 유달리 정이 많고 가슴이 따뜻하신 검사님이다. 전국을 떠들썩하게 한 황우석 박사의 줄기세포 사건으로 눈코 뜰 새 없이 바쁘게 일하며 시험 준비를 병행하고 있을 때, 부장님은 시험에 나올 만한 기사나 판례 등이 있으면 꼭 스크랩해서 내게 건네주셨다. 시험을 한 달쯤 앞둔 어느 날에는 함께 일하던 여직원과 나를 차에 태우고 직접 운전해 남산타워 부근으로 올라가서는 근사한 점심을 사주셨다. 부장님은 요즘도 가끔 사법시험에 떨어지는 꿈을 꾼다며 나를 따뜻하게 격려해 주셨다. 식사를 마치고 이런저런 얘기를 나누며 남산 근처를 산책하다 마침 북악산이 보이자 등뒤에서 내 양팔을 벌리고는 이렇게 말씀하셨다.

"정 계장님. 북악산의 정기를 받아서 올해는 꼭 합격하세요."

장기 근무자라서 서울중앙지검에서 성남지청으로 전출되며 홍만표 부장검사님과 헤어지게 되었는데, 시험은 서울중앙지검에서 보고 발표는 성남지청에서 듣게 되었다. 그런데 부장님이 내가 시험에 떨어진 것을 먼저 아시고는 전화를 주셨다.

"내가 하나님께 기도 많이 하고 있으니 절대 실망하지 말아요. 다음번에는 틀림없이 합격할 겁니다."

부장님의 기도에도 불구하고 7번째 도전에 실패하자 그만 포기할까 생각했다. 눈치가 보여 사무실에서 더 이상 책을 볼 입장도 못 됐다. 하지만 나를 위로하고 격려해 마지않던 홍 부장님을 생각하며 이번이 마지막이라는 각오로 다시 한 번 용기를 냈다.

시험과 인사, 그리고 선거의 공통점

2007월 11월 2일, 5급 사무관 승진시험에 8번째로 도전했다. 시험을 치르고 나오는데 형사소송법 한두 문제가 영 마음에 걸렸다. 답을 제대로 못 쓴 것 같아 이번에도 또 떨어지는 건 아닐까 불안했다.

같이 응시했던 친구 하나가 시험을 잘 봐 기분이 좋은지 술 한잔하며 스트레스를 풀자고 했다. 실수한 부분이 자꾸만 마음에 걸려서 도저히 그럴 기분이 아니었다. 다음에 한잔하자고 거절하고는 집으로 발걸음을 돌렸다.

시험장을 빠져나오다 같이 시험 본 다른 동기를 만났다. 그도 나처럼 시험 본 내용을 곱씹으며 불안해하길래 어떻게 답을 쓰고 나왔는지 서로 맞춰 보았다. 아무래도 가망이 없는 것 같아 나도 모르게 큰 한숨을 쉬었다.

"이번에도 틀린 것 같아."

"너무 그러지 마. 시험하고 인사하고 선거의 공통점이 뭔지 알아?"

"뜬금없이 그게 무슨 소리야?"

"뚜껑 열어보기 전엔 아무도 결과를 모른다는 얘기지. 발표 나려면 멀었는데 벌써부터 기운 빼지 말자."

"그래. 둘 다 붙게 해달라고 기도나 하자고."

이제 주사위는 던져졌으니 재판 선고를 앞둔 피고인의 심정으로 결과를 기다릴 수밖에. 하루하루 속이 바싹바싹 타들어가며 얼마나 가슴앓이를 했는지 눈이 퀭하니 들어가고 입술이 부르텄다. 이 시험에 떨어지면 두고두고 마음이 아파 이 세상을 어떻게 살아갈까? 남이 볼 때는 아무 것도 아닌 승진 시험일 뿐인데 나는 왜 이리도 목을 매며 집착할까? 혹시 내가 세상을 잘못 사는 건 아닐까? 오랫동안 시험공부에만 매달리느라 균형감각도, 사리를 분별하는 능력도 잃어버린 걸까? 정말 그런 걸까?

언젠가 아는 선배 한 분이 여러 번 시험에 떨어졌다 마침내 합격하게 돼 축하인사를 하러 갔더니 눈가에 이슬이 맺히며 이렇게 말씀하셨다.

"고맙네, 후배. 이제 화물 엘리베이터 안 타고 사람 타는 엘리베이터 타고 다닐 수 있어 좋구만."

선배님은 시험에 자꾸 떨어지다 보니 다른 사람들 볼 면목이 없어 화물 엘리베이터를 타고 다녔던 모양이다.

나 역시도 십 년 가까이 공부를 했는데도 승진 시험에서 번번이 떨어지자 대인기피증이 생겼다. 사람들을 만나면 위축됐고, 모임에 가도 남들은 흥이 나서 즐기는데 나는 그러지 못했다. 공연히 나 때문에 좋은 분위기를 망칠 것 같아 모임에 자주 빠지게 되었고, 합격자 발표일 즈음해서는 사람들을 피해 다니며 경조사에도 참석하지 못했다. 그러자 주위에서 다들 한마디씩 했다.

"검찰청 일을 자네 혼자 도맡아 하나? 모임에 부를 때마다 매번 시간 없다고 하고, 뭐가 그리 바빠?"

"그렇게 일한다고 월급 많이 받는 것도 아니잖아. 적당히 좀 하지?"

"사회생활 하는 사람이 그럼 안 되는 거 아냐?"

넉살 좋은 성격이 아니라 그럴 듯한 변명도 못했고, 이러다 주위 사람들과 멀어져 왕따가 되는 건 아닐까 두려웠다.

8번째 승진 시험의 합격자 발표일이 마침내 일주일 앞으로 다가왔다. 공식 발표일은 다음 주 금요일이지만 예년의 관행에 비추어 봤을 때 다음 주 월요일 정도면 비공식 루트로 합격인지 불합격인지 알 수 있으리라. 대체로 결과에 자신이 없는 수험생들은 비공식 발표일 즈음에 휴가를 내고 출근하지 않는 경우가 많았다. 나도 사무실에서 불합격 소식을 듣느니 사람들을 피해 어디론가 숨고 싶었다. 하지만 처리해야 할 업무가 많아 그럴 형편이 못 됐다. 차라리 일에 파묻혀 정신없이 바쁘게 지내자. 그럼 잠시나마 시험 생각을 잊을 수 있겠지.

그런데 다음날인 토요일, 아내가 내 팔을 잡아끌며 이렇게 말했다.

"천호동에 아주 용하다는 점집이 있대요. 거기 가서 한번 물어나

볼까요?"

"점 같은 거 믿지도 않으면서 뭐하러? 됐어."

"이렇게 가만히 앉아서 속 태우는 것보단 낫잖아요. 그냥 기분전환 삼아서 가봅시다. 네?"

결국 아내를 따라 천호동으로 갔다. 애기 신이 들어 용하다고 소문난 무당은 40대 중반의 아주머니로, 눈매가 꽤 날카로웠다. 주말이라 그런지 손님이 바글바글해서 대기실에 앉아 차를 마시며 한참을 기다렸다.

마침내 우리 차례가 돌아와 무당 앞으로 갔다. 먼저 재미 삼아 아내가 점을 쳤다. 무당은 깃대 몇 개를 손에 꼭 쥐고 흔들다가 고개를 좌우로, 혹은 위아래로 살래살래 흔들었다. 그러더니 영락없는 어린 아이의 목소리를 내는 게 아닌가? 애기 신이 들렸다더니 정말인가 싶어 신기하게 쳐다보았다. 그런데 무당이 갑자기 나에게 시선을 돌렸다.

"이 집 대주大主가 어깨가 아주 무겁네. 거기 앉아 있지 말고 이리 와 봐."

머뭇거리다 무당 앞에 가서 앉자 대뜸 이렇게 말했다.

"어디 시험 봤지?"

정말 그렇게 용하면 단번에 맞힐 것이지 왜 이것저것 묻는담? 묘하게 심술이 발동해 일부러 아닌 척 했다.

"아뇨. 저 시험 같은 거 본 적 없어요."

그러자 무당이 언성을 높이며 나무랐다.

“거짓말하면 못 써! 그 정도는 대답해줘야 점괘가 나오지.”

아내가 옆구리를 쿡 찌르며 눈치를 주길래 사실대로 순순히 불었다.

“실은 얼마 전에 시험을 봤는데 내일 모레 월요일에 출근하면 합격자를 발표할 거라네요. 이번에도 안 될 것 같아 걱정이 이만저만 아닙니다.”

그러자 무당은 아까처럼 깃대 대여섯 개를 손에 쥐고 흔들더니 고개를 좌우로, 위아래로 한참 동안 흔들다 내게 깃대를 내밀었다.

“몇 개 뽑아봐.”

시키는 대로 깃대를 두세 개 뽑아서 내밀었다. 무당이 그걸 손에 쥐고는 낮은 목소리로 주문 비슷한 걸 중얼거렸다. 그리고는 마침내 이렇게 말했다.

“합격했구만 뭘 그렇게 걱정해?”

“… 정말이요?”

“그럼 정말이지. 근데 합격자 발표를 월요일에 한다고? 틀렸어. 화요일에 할 거야.”

합격했다는 말에 나도 모르게 얼굴이 밝아졌다. 점치는 걸 좋아하지도 않고 믿지도 않았지만 기분이 좋은 건 사실이었다.

“합격했으니까 다음에 올 때는 사탕 좀 사다 줘. 알았지?”

무당의 애기 목소리에 피식 웃으며 알았다고 하고는 밖으로 나왔다.

하지만 집에 돌아오자 다시 또 마음이 무거워졌다. 보통 월요일에 알게 되는데 화요일이라니, 왠지 불길한 예감이 들었다. 이번에도 또 떨어질 것만 같아 이루 말할 수 없이 불안하고 초조했다.

운명의 월요일 아침

그렇게 기다리던 월요일 아침, 무거운 발걸음으로 집을 나서는데 아내와 두 아들이 현관까지 따라나와 배웅했다.

"아빠! 이번엔 합격하셨을 거에요. 걱정 마세요."

"여보. 떨어지더라도 그냥 운이 없었다 생각하고 너무 상심 말아요. 당신 최선을 다했잖아요."

"알았어. 10시 안으로 전화 없으면 그냥 안 된 줄 알고 있어."

사무실에 도착해서 컴퓨터를 켜고 일을 시작했지만 아무 것도 머릿속에 들어오지 않았다. 군산지청 수사과장인 김형곤이란 친구가 과천 중앙인사위원회 고시과에 아는 사람이 있다고 하길래 혹시 합격 여부를 미리 알게 되면 연락 좀 달라고 부탁해 두었다. 그래서인

지 사무실에 전화가 울리기만 하면 벨소리에 화들짝 놀라 수화기를
노려보았다. 그러다 9시 반쯤 전화벨이 울려서 받아 보니 군산지청
의 친구였다. 잔뜩 긴장해 마른 침을 삼키며 그의 말을 기다렸다.

"기다리고 있을까 봐 전화했어. 근데 과천 쪽에서 아직 연락이 없네."

언젠가 내가 불합격한 사실을 그 친구가 미리 알고도 차마 말하지
못했던 일이 문득 생각났다.

"혹시 결과를 알면서도 모른다고 하는 거 아냐? 나 이미 각오하고
있으니까 사실대로 말해. 괜찮아."

"그런 거 아니라니까. 진짜 몰라."

그 친구 말을 믿기로 했다.

그런데 10시가 넘어도 아무런 연락이 없자 미칠 것만 같았다. 기
다리다 못해 이번에는 내가 먼저 전화를 걸어 어떻게 됐냐고 물었다.
그러자 친구가 대답했다.

"고시과에 재차 전화했는데 아직 모른대."

점심을 먹는 둥 마는 둥 하고는 도저히 자리에 앉아 있을 수 없어
괜히 이 방 저 방을 돌아다니며 시간을 보냈다. 그런데 이번에 같이
시험 본 동기 중 하나가 나를 보고 말했다.

"합격자 발표 내일이라던데, 소식 못 들었어?"

"아니. 난 금시초문인데?"

바로 그 순간 애기 신이 들린 무당 아주머니의 말이 생각났다.

"합격자 발표를 월요일에 한다고? 틀렸어. 화요일에 할 거야."

정말 오늘이 아니라 내일 발표하는 걸까? 무당 말대로 된 걸 보면

이번엔 정말 합격한 걸까? 오후가 되자 오늘은 발표 안 하고 내일 할 거란 말이 돌았다. 또 하루를 애타게 기다려야 하다니. 지긋지긋했다. 이번에 떨어지면 검찰청에 더 있기도 힘들어서 나가야 할 텐데… 벼랑 끝에 몰린 심정이었다.

뜬눈으로 밤을 새우고 화요일 아침을 맞이하자 모래가 들어간 듯 눈이 뻑뻑했고, 가시가 돋친 듯 입속이 껄끄러웠다. 밥 생각도 없어 빈속으로 집을 나왔다. '하나님, 부처님, 천지신명님! 제발 이번만은 붙게 해주세요. 제발, 제발, 제발 부탁입니다!' 마음속으로 간절히 기도하며 지하철을 타고 사무실에 도착했다.

그러다 9시 10분쯤 됐을까? 내 책상의 전화벨이 따르릉 울렸다. 떨리는 손으로 수화기를 조심스럽게 들어 보니 군산지청 수사과장으로 있는 그 친구였다. 수화기 너머로 그가 소리쳤다.

"병산아! 됐어"

순간 귀를 의심했다.

"뭐어?"

"너 합격했어!"

"정말?"

"그래, 내가 확인했다니까."

그렇게도 고대하던 '합격' 소리를 듣게 되다니, 너무 기뻐서 가슴이 터질 것만 같았다.

"고맙다 친구야. 정말 고마워."

　마치 그 친구가 합격시켜준 것처럼 고맙다는 말을 몇 번이고 되풀이했다. 그 친구와 전화를 끊자마자 아내에게 연락했다.

　"여보, 나 됐어."하고는 수화기를 내려놓았다. 감정이 복받쳐서 더 이상 아무 말도 할 수 없었다. 초등학교만 졸업한 두메산골 촌놈 정병산이가 그 힘들다는 당상관, 5급 사무관 자리에 오르다니! 전화를 끊고는 화장실로 달려가 이게 설마 꿈은 아니겠지 하고 볼을 꼬집어 보았다. 분명 꿈이 아니라 현실이었다!

　거울에 비친 상기된 얼굴을 보는데 눈물이 걷잡을 수 없이 쏟아졌다. '이렇게 합격시켜 줄 것을 왜 그리도 애태우고 마음고생 하게 하셨나요? 안 그래도 한 많고 기구한 인생인데 왜 그렇게 많은 시련을 주셨나요? 내가 그리도 미웠나요?' 마음 같아서는 그간의 설움을 쏟아내며 큰소리로 아이처럼 엉엉 울고 싶었지만 애써 소리를 죽여야만 했다. '병산아, 장하다. 정말 장하다! 끈질기게도 도전하더니 결국은 해냈구나. 이제 밤늦게 퇴근하지 않아도 되고, 주말과 공휴일에 사무실 나와서 공부 안 해도 돼. 집에서 가족들과 TV 앞에 둘러앉아 그 좋아하는 〈전국노래자랑〉도 보고, 과일 깎아 먹으며 오붓한 시간 보내도 돼. 그동안 못 쓴 휴가도 찾아 쓰고 가족들이랑 맘 편히 여행도 갈 수 있어. 그간 고생 많이 했으니까 이젠 좀 쉬어도 돼. 그 누구의 눈치도 보지 않고.'

　화장실을 나와 사무실로 돌아오자 함께 일하던 사람들이 소식을 듣고는 너도나도 축하 인사를 건넸다.

　"정 계장, 축하해. 정말 큰일 했어."

"7전 8기라더니, 그 말이 맞네요. 집에서 참 좋아하시겠어요."

"그거 아세요? 1982년에 우리 성남지청이 문을 연 이래 5급 사무관 시험에 합격한 건 선배님이 두 번째랍니다. 정말 대단하십니다."

그때 마침 휴대폰이 울려서 받았더니 법무부 검찰 1과에 근무하는 후배였다.

"선배님, 제가 지금 행자부에서 합격자 명단을 수령해서 법무부로 이동 중입니다. 선배님이 제일 먼저 생각나서 차 안에서 명단을 들여다 보는데 선배님 이름이 있어서 얼마나 반갑던지요. 그동안 정말로 고생 많으셨구요, 진심으로 축하드립니다."

"마음 써줘서 고마워."

"아직 법무부 공식 발표 전이니까 보안에 조금만 신경 써 주세요."

"알았어, 걱정마."

그날 저녁 집에 귀가하는데 발이 땅에 닿지 않고 둥둥 떠다니는 듯했다. 개선장군처럼 집 안에 들어서자 아내와 아이들이 활짝 웃으며 맞아 주었다. 아무 걱정 없이, 그늘 한 점 없이 파안대소한 게 얼마 만인가? 거의 10년 만에 처음이었다. 나에게도 이런 날이 오는구나 싶어 말할 수 없이 기뻤다. 그날 저녁 가족들과 외식을 하며 합격을 자축했다.

2007년 5급 검찰사무관 승진 시험의 커트라인은 100점 만점에 59.00점이라고 했다. 나의 경우 평균 62.33점을 받아 50명 중 26위로 합격했고, 그해 전국 모든 부처의 사무관 승진 인원은 290명이었다.

형법

Q1 사업 실패로 채권자들을 피해 도망 다니던 甲은 밤새도록 술을 마신 후 새벽에 택시를 타고 자신이 머물고 있는 한적한 시골집에 도착하였다. 택시 운전자 A가 평소보다 많은 택시 요금을 요구하여 甲은 이를 지급할 수 없다고 실랑이를 벌이던 중, 흥분한 甲이 A의 가슴을 세게 치자 평소 고혈압 증세가 있는 A는 넘어지면서 혈압항진을 일으켜 그 자리에서 사망하고 말았다.

당황한 甲은 자신의 집에 돌아가 두세 시간 동안 어떻게 할지 고민하다가 증거를 인멸해야겠다고 마음먹고 현장에 돌아와 A의 시신을 산속에 버리고 택시를 운전하여 그곳을 벗어났다. 그리고 甲은 택시 안에 있던 A의 손가방에서 신용카드, 예금통장, 그리고 도장을 발견하고는 편의점에서 담배와 음료수 등을 구입하고 A의 신용카드로 결제한 후, A의 통장에 있는 예금을 인출하기 위하여 개점 시간에 맞춰 은행으로 갔다. 甲은 은행에서 A

명의의 예금지급청구서를 작성한 후 날인하여 창구직원에게 제출하였다.

그러나 창구 직원은 甲이 계좌의 비밀번호를 묻는 질문에 제대로 대답하지도 못할 뿐만 아니라 이른 시간에 예금 전액을 한꺼번에 인출하는 것을 이상하게 여겨 경찰에 신고를 하였고, 甲은 신고를 받고 출동한 경찰관에 의해 체포되었다. 甲의 죄책을 논하시오.

Q2 제한 속도가 60km/h인 도로에서 자신의 승용차를 운전하던 甲은 녹색신호가 바뀌기 전에 'ㅏ'형 삼거리를 통과하기 위하여 약 70km/h속도로 주행하던 중, 반대편에서 정지신호를 무시하고 중앙선을 넘어서 좌회전하는 A의 오토바이를 미처 보지 못하고 승용차의 앞 범퍼로 오토바이의 우측 후미를 충격하였다.

이로 인해 A는 중상을 입고 구급차에 실려 인근 병원으로 후송되던 중 사망하였다. 업무상과실치사(형법 제268조)의 혐의로 기소된 甲이 자신의 무죄를 주장할 수 있는 근거를 설명하시오.

Q3 세무사 甲은 건설회사 사장 A로부터 세무조사와 관련하여 담당 공무원에게 1천만 원을 전달해 달라는 부탁을 받았으나, 그 돈을 사무실 운영비로 소비해버렸다. 이 사실을 알게 된 A가 甲에게 돈을 돌려줄 것을 요구하였으나, 甲은 돌려줄 수 없다고 하면서 계속해서 돈을 달라고 요구하면 그 사실을 폭로하겠다고 협박하였다.

그러나 A는 돈이 전달되지 않는 이상 자신은 아무런 거리낄 것이 없다고
생각하고 甲을 경찰에 신고해 버렸다. 甲의 죄책은?

Q1 　甲(女)은 乙(男)이 자기를 강간하였다고 경찰에 고소하였고, 검
사 丙은 乙을 강간 피의자로 소환하였다. 乙은 소환에 순순히
응하여 범행을 추궁하는 丙의 신문에 "서로 좋은 관계에서 甲과 합의하에
동침은 하였지만 강간한 사실은 없다."며 피의 사실을 부인하였다. 장시간
의 신문에 지친 乙은 다음에 다시 소환하면 응할 테니 귀가시켜 달라고 하
였다.

그러나 검사 丙은 상당한 혐의가 있는 乙을 귀가시키면 도주할 우려가
있다고 판단하여 긴급체포하였다. 이에 乙은 임의 출석한 피의자를 긴급 체
포하는 것은 불법이라며 곧바로 체포적부심을 법원에 청구하였다. 이때 乙
은 체포적부심을 통한 석방이나 기소 전 보석을 통한 석방을 희망하였다.
그런데 이후 丙은 甲에게 아무런 통보도 하지 않은 채 乙을 기소유예 처분
하였다.

(1) 乙이 희망한 2가지 방법의 석방은 가능한가?

(2) 丙이 행한 기소유예처분은 적법한가?

(3) 丙의 기소유예처분에 대하여 甲과 乙이 불복한다면 어떤 방법이 있겠
　　는가?

Q^2 유흥업소 업주인 甲은 A를 윤락가 포주 B로부터 넘겨받아 자신의 업소에서 성매매를 하게 하였다는 공소사실에 대하여 제1심에서 모두 유죄가 인정되어 징역 1년의 실형을 선고받았다. 이에 대해 피고인 甲만이 항소하였고, 항소법원은 부녀매매의 공소 사실에 대해서는 무죄를, "성매매알선 등 행위의 처벌에 관한 법률" 위반의 공소사실에 대해서는 유죄를 인정하여 징역 1년, 집행유예 3년을 선고하였다. 이에 검사는 무죄 부분에 대하여 상고하였다. 부녀매매의 공소사실이 죄가 된다고 판단할 경우, 상고법원의 조치는?

Q^3 피고인이 공판정에서 범행을 부인하고 있는 경우, 공범자의 법정 자백을 근거로 유죄를 인정할 수 있는가?

고생 끝에 낙이 온다더니

성남지청장님께 합격을 보고 드리자 간부들이 참석한 가운데 축하연을 베풀어 주셨다. 격려금과 함께 검찰 로고가 새겨진 시계도 선물 받았다. 호칭 또한 달라져서 사무실 사람들이 벌써부터 '정 사무관님'이라고 불렀다. 조금은 쑥스럽고 어색한 감도 있었으나 세상을 다 얻은 것처럼 뿌듯했다. 고생 끝에 낙이 온다더니, "No Pains, No gains."라는 영어 속담이 떠올랐다.

그동안 힘들게 시험공부를 하며 혼자라는 생각에 무척이나 외로웠다. 계속되는 낙방으로 인해 사람들을 피하게 되자 하나둘 내 곁을 떠나더니 나중에는 아무도 남지 않은 것 같았다. 그래서 힘든 사정을 아무에게도 말 못 하고 혼자서 가슴앓이 했었다.

그런데 합격을 하고 나자 축하 전화와 메일이 쏟아지며 전화기에 불이 났다. 내 책상은 합격을 축하하는 난으로 뒤덮여 처치하기가 곤란할 지경이었다. 그걸 보고 검사님 한 분이 이렇게 말씀하셨다.

"사법고시에 붙었을 때, 전 겨우 난 몇 개밖에 못 받았는데 정 사무관님은 화원 차리셔도 되겠어요."

"너무 떠들썩하게 축하받는 것 같아 다른 사람들 보기 민망하네요."

"그러실 거 없습니다. 당연히 축하받을 일인데요 뭐."

그 당시 법무부 대변인으로 근무하시던 홍만표 부장님께서도 전화를 주셨다. 그동안 고생 많았다며 합격을 축하해 주시고는 합격 수기를 써달라고 하셨다. 함께 근무하면서 서로의 가정사나 개인사에 관해 허심탄회한 대화를 나누다 보니 내 어려운 과거를 잘 알고 계셨고, 그래서 수기를 써보라고 제안하신 듯했다.

처음에는 부끄러운 과거를 남들 앞에 드러낼 용기가 나지 않아 사양했다. 그러나 부장님은 시험 준비를 하는 후배들과 어려운 상황에 처한 사람들에게 내 얘기가 꿈과 희망을 주고 귀감이 될 거라며 수기를 꼭 써달라고 거듭 권하셨다. 며칠을 고민한 끝에 부장님 뜻을 따르기로 하고 지나온 세월을 돌이켜 보며 수기를 썼다. 제목은 '인고의 세월'이었다. 그런데 그 수기를 누군가 보고서는 검찰청 인터넷인 이프로스에 올렸다. 수많은 직원들이 내 글을 읽고 댓글을 달아 격려해 주었다.

그 후 합격 수기의 내용이 중앙일보를 비롯한 여러 일간지에 게재되었고 방송사 기자로부터 인터뷰가 쇄도하였다. 일간지 외에 메트

시험에 합격한 직후 여기저기서 축하 전화가 쏟아져
전화기에 불이 날 지경이었다.

로, 노컷뉴스, 세븐데이 등 지하철 신문까지 게재되어 전국 각지로부터 축하 및 격려 전화와 편지들이 쏟아졌다. 홍만표 부장검사님의 제안 덕분에 갑자기 유명세를 타게 되면서 매스컴의 위력을 새삼 실감했다.

그 무렵 어느 날 아침에 출근해보니 검사 출신인 노관규 순천시장님의 축하 난이 와 있었다. 현직 때 지근거리에서도 함께 근무한 일이 없는데도 축하 난까지 보내주셔서 전화로 인사를 드렸다.

"어떻게 제 소식을 알고 축하 난까지 보내주셨어요?"

"신문 기사에서 봤습니다. 우리 출향민의 한 사람으로서 고향을 빛내주셨는데 순천을 대표하는 시장으로서 당연히 축하해야죠. 그동안 고생 많이 하셨습니다. 언제 고향에 내려오면 시장실에 들러서 차 한잔 합시다."

"예, 고맙습니다."

그 후 내가 어렸을 적 다니던 황전북 초등학교에 강의하러 가는 길에 시장님을 만나 뵙고 많은 이야기를 나누었다. 시장님도 집안이 너무나 어려워 대학을 나오지 못했다며 개인적인 이야기를 들려주셨다.

얼마 뒤 성남 분당의 야탑 지하철역 부근에서 구두를 닦는 분이 내게 편지를 보냈다. 신문에 난 내 얘기를 읽고 용기와 희망을 얻었다고 했다. 그분을 불러 저녁을 대접하며 이야기를 나누다 보니 서로 통하는 데가 많아 의형제를 맺었다. 그분은 낮에는 구두 닦는 일을 하고 밤에는 야간대학을 다니며 주말에는 봉사활동까지 했는데, 어려운 환경에서도 열심히 살아가는 모습에 이런 말이 떠올랐다.

"부모와 고향과 조국은 선택의 여지가 없는 운명이지만 나머지 일은 자신의 의지로 헤쳐갈 수 있다."

멀리 춘천에서 소양강 양어장을 크게 하신다는, 연세가 꽤 많은 안동흠 어른께서도 친히 편지를 보내 격려해 주셨다. 기사를 읽고 어렸을 적 자신을 돌이켜 보게 되었다며 죽기 전에 꼭 한번 만나보고 싶다고 하셨다. 왠지 모르게 아버지 생각이 나 시간을 내어 그분을 찾아뵈었다. 그랬더니 잃어버린 아들을 찾은 것처럼 기뻐하며 따뜻하게 맞아주셨다.

얼마 전 안부를 여쭙기 위해 전화를 드렸더니 노환으로 돌아가셨다고 했다. 우리네 인생이 어차피 한 번은 가야 한다지만 너무나 홀연히 가셔서 마음이 무척 아프고 허전했다. 또 놀러오라고 신신당부하셨는데 나중에 들르겠다고 미루다 뒤늦게야 부음을 듣다니. 직접 조문을 못해 죄송한 마음으로 어르신의 명복을 빌었다.

그 뒤 CBS 방송국의 '배한성의 아주 특별한 인터뷰'라는 라디오 프로그램에 출연하게 되었다. 인터뷰를 하던 도중 진행자인 배한성 씨가 감정이 복받쳤는지 나를 끌어안고 울었다.

"나도 고생했지만 정 선생님은 저보다 훨씬 더 고생을 많이 하셨네요."

유리벽 바깥에서 지켜보던 아내와 작은아들 녀석도 눈시울을 적

CBS 방송국에서 인터뷰를 마친 후 진행자인 배한성 씨와
기념 촬영을 했다.
(왼쪽 끝이 둘째아들 태웅, 성우 배한성 씨, 필자
그리고 사랑하는 아내)

셨다. 결국 방송을 진행하기가 어려워 잠시 쉬었다 하자며 조용필의
'허공' 이란 노래를 틀었다. 그 노래가 어쩌면 그렇게 심금을 울리던지.

그 라디오 인터뷰를 듣고 많은 분들이 위로와 격려 전화를 해주셨
다. 〈성남아름방송〉에서는 수원대학교 김광옥 교수님이 진행하는
'휴休' 라는 프로그램에 출연해 약 30분 정도 대담을 나누었다. 그 후
전남 여수 MBC 라디오 방송국에서 전화 인터뷰도 나누었다.

7번을 연거푸 낙방하며 포기하려고 마음먹기를 수차례. 그러나
오뚝이처럼 일어나 8번 만에 합격이라는 값진 열매를 맺었고, 그 덕
분에 평생 잊지 못할 소중한 추억들을 만들 수 있었다.

꽃들에게 희망을

신문기사를 보고 알게 되었다며 모교인 황전북초등학교 김진오 교장선생님께서 전화를 주셨다. 합격을 축하하며 모교를 빛내줘서 고맙다고 하시더니 동문 선배로서 어린 꿈나무들에게 용기와 희망을 줄 수 있도록 잠시 시간을 내달라고 성남지청에 공문을 보내셨다. 지청장님께 보고 드리자 흔쾌히 허락하셨다.

오랜만에 고향의 모교를 방문할 생각에 가슴이 뛰었다. 어린 학생들의 인성 형성에 도움을 줄 수 있는 선물로 뭐가 좋을까? 한참을 고민하다가 〈어린이 명심보감〉과 〈어린이 사자성어〉가 떠올라 책을 싸 들고는 아내와 함께 집을 나섰다.

모처럼 고향 땅을 밟아 구수한 흙냄새와 상큼한 풀향기를 맡으니 어찌나 정겹던지. 개선장군처럼 황전북초등학교 교문을 들어서자 '모교 사랑 7전8기 정병산 선배님과 좋은 이야기'라고 써진 현수막이 나를 반겼다. 교장선생님 이하 교직원들의 환대 속에 구내 식당에서 점심 식사를 함께 했다. 모두 초면이지만 황전북초등학교라는 공통 분모가 있었기에 화기애애한 분위기 속에서 이야기꽃을 피웠다. 특히 교직원들이 직접 농사지었다는 무공해 채소 맛이 일품이었다.

식사를 마치고 강의를 하기 위해 학생들 앞에 섰다. 그 옛날 내가 학교 다닐 때는 전교생이 650명 정도 됐는데, 지금은 겨우 22명으로 분교생까지 합쳐도 70명밖에 안 됐다. 초롱초롱한 눈망울을 반짝이며 기대감에 차 있는 학생들에게 '소년이여, 큰 뜻을 품어라'라는 주제로 강의를 했다. 공부하고 싶었지만 어려운 집안 사정 때문에 진학을 못해 서울로 무작정 상경했던 일, 어렸을 적의 꿈, 검찰에 입문하게 된 동기, 4전5기 도전 끝에 5급 을류 검찰사무직 시험에 합격했던 일, 검찰에 입문해 7전8기 도전 끝에 5급 검찰사무관 승진 시험에 합격한 이야기를 차근차근 들려주었다. 누구든 열심히 공부하면 언젠가는 성공해 큰 기쁨을 얻을 수 있다는 것을 알려주었고, 삼강오륜은 지금도 살아있는 도덕이라고 강조했다. 후배들이 이 사회에 소금이나 촛불 같은 사람으로 성장하기를 바라며 "잠은 꿈을 꾸게 하지만, 책은 꿈을 이루게 한다."는 말처럼 늘 책을 가까이하면서 꿈과 희망을 잃지 말라고 열변을 토했다. 그러자 우레 같은 박수 갈채가 터졌고, 강의를 마친 후 어린 후배들과 일일이 악수를 한 다음 기념촬영

시간을 가졌다. 아직 열매도 맺지 못하고 꽃도 피워보지 못한, 그래서 더 무궁무진한 가능성을 가진 어린 새싹들에게 내 이야기가 조금이나마 희망을 주었다면 다행이리라. 훗날 그들이 자기만의 아름다운 꽃을 피울 때 내가 준 꿈과 희망이 밑거름이 될 수 있다면 더 바랄게 없으리라.

강의를 마치고 학교 주변을 둘러보며 감회에 젖었다. 어렸을 때 공부하던 교실과 교정의 금잔디, 황금측백나무는 예전과 크게 다르지 않았다. 교문 앞에 있던 크고 우람한 잣나무는 그사이 몰라보게 자라 있었다. 지푸라기를 뭉쳐 공을 차고 놀았던 운동장이 어렸을 때는 엄청나게 넓어 보였는데 지금은 왜 이리도 좁고 초라해 보이는지. 당시 운동장 구령대 앞에서 아침 조회를 할 때 전교 회장 완장을 차고서 "전교생 앞으로 나란히! 바로! 교장 선생님께 경례! 바로! 열중쉬엇!"하고 구령을 했던 일이 떠올랐다.

날이 저물어 서울로 올라가려는데 42년 만에 찾아온 모교에서 차마 발길이 떨어지지 않았다. 운동장의 흙을 만져 보고, 교실 이곳저곳을 둘러보고, 이름 없는 하찮은 풀 한 포기와 길가에 구르는 돌멩이 하나에도 배인 진하디진한 고향의 냄새를 가슴속 깊이 간직한 채 서울행 차에 몸을 실었다.

서울에 돌아온 후 서울고등검찰청에 승진발령 받아 근무하던 중 어느 날 순천 남산중학교의 유인달 교장선생님이 연락을 주셨다. 순천 매산중학교에 다닌 적은 없지만 입학시험에 합격하고도 집안 형편 때문에 아쉽게 포기했었다. 유인달 교장선생님은 순천시에서 발간한 책자에서 내 글을 읽고 매산중학교와의 안타까운 사연을 접했다며 우리 남산중학교 학생들에게 강의를 해줄 수 없겠냐고 물으셨다. 그러나 모교를 빛낸 것도 아니고, 청소년들에게 강의할 만큼 크게 출세한 것도 아니란 생각에 정중히 거절했다. 그러자 교장선생님이 이렇게 말씀하셨다.

"좋은 환경에서 정상적으로 교육받고 대학까지 나온 사람이 고시에 합격하는 건 애깃거리가 안 된다고 봐요. 오히려 정병산 씨처럼 어려운 환경을 극복하고 성공한 사람의 이야기가 훨씬 더 가슴에 와 닿고 울림이 있지 않겠습니까? 우리 학생들을 위해서 꼭 한번 강의를 해주세요."

교장선생님의 말씀에 용기를 얻어 남산중학교에서 강의를 하게 되었다. 그즈음 제법 유명세를 타서인지 MBC에서 강의하는 모습을 촬영하고, 조선일보 기자가 취재를 했다. 내 앞에서 TV 카메라가 돌아가고, 사진기자가 플래시를 터뜨리고, 기자들이 강의를 경청하며 메모했다. 난생처음 겪는 일이라 내심 당황했지만 곧 안정을 되찾아 무사히 강의를 마쳤다. 그 날 저녁 MBC 9시 뉴스에서 내가 강의하는 모습이 전파를 타는 것을 보고 무척 신기했다.

나는 이 강의를 인연으로 유인달 교장선생님으로부터 남산중학교의 제1호 명예졸업장을 받았고, 교지에 내 글이 실리는 영예도 누릴 수 있었다.

"꿈 이루기 전까지 포기하지 마세요"

150cm 남짓한 50대 중반의 남성이 모습을 드러냈다. 강당을 가득 메운 채 잡담을 나누던 400여명의 학생들은 일제히 그를 바라보았다.

"반갑습니다. 정병산입니다. 학생들 교복을 보니 너무 부럽네요. 중학교에 합격하고도 돈이 없어 교복을 못 입었는데…."

정병산(55·사진) 서울고검 검찰사무관(5급). 그의 최종 학력은 초졸. 하지만 4전5기로 135대 1의 경쟁률을 뚫고 9급 검찰직에 합격했고, 올 초에는 4년제 대졸자들도 합격하기 어렵다는 사무관 승진에 당당히 합격했다. 7번의 낙방 끝에 이룬 성과였다. 순천 출신인 그가 24일 순천 남산중학교 유인달(60) 교장의 초청으로 고향 후배들에게 강연을 했다.

"비록 초등학교밖에 못 나왔지만 청소년들에게 꿈과 희망을 심어주기 위해 이 자리에 섰습니다. 지금 여러분이 고통스럽고 힘들다면 이 모든 것은 훗날 아름다운 추억을 만들기 위함이라는 긍정적인 자세로 임해야 합니다."

정 사무관은 1954년 전남 순천시(당시 승주군) 황전면에서 가난한 집안의 4남 1녀 중 막내 쌍둥이로 태어났다. 당시 황전북국민학교에서 두각을 나타냈다. 하지만 학비를 댈 형편이 아니어서 순천 매산중에 합격하고도 포기해야만 했다.

"머슴살이로 아버지의 대를 이어야 하는 상황이 싫었어요. 무작정 돈이 필요해 친구들이 교복을 입고 학교로 향할 때 이발소에서 손님들의 머리를 감겨주는 일을 했습니다. 그런데 문득 이렇게 나의 인생을 포기해서는 안 된다는 생각이 솟구쳤어요."

공부에 대한 미련을 떨칠 수 없었던 그는 최우수 졸업상으로 받은 국어사전과 옥편을 들고 무작정 상경했다. 배고픔으로 길거리에서 죽을 고비도 수차례 넘겨야 했다. 우여곡절 끝에 고향에서 배운 기술로 이발소에 취직했고, 국졸도 응시가 가능했던 공무원 시험(9급 검찰직)을 준비하기 시작했다.

그러나 영어가 발목을 잡았다. 암호 같은 낯선 문자 앞에 좌절을 겪다 끝내 낙방을 계속해 수면제로 자살을 시도하기도 했다. 운명은 여기까지가 아니었다. 눈을 떠보니 병원이었고, "그래 한번 더 죽기살기로 도전하자"며 자리를 박찼다. 1978년 꿈에 그리던 공무원 시험에 합격했다. 당시 26세.

서울지검 집행과에서 근무를 시작해 천안지청, 서울지검 공안부, 법무부 검찰 2과, 서울지검 특수부 등을 거쳤다. 또 다른 도전은 2000년부터 시작됐다. 200명 정도가 응시해 50명밖에 합격 못하는 사무관 간부시험에 응시해 7번의 실패 끝에 올해 합격 봉지서를 받았다. 그는 합격했다는 소식을 듣고 "그냥 화장실에 가서 펑펑 울었다"고 말했다.

"남들은 쉽게 이룰지 몰라도 나에게 사무관은 인생의 거대한 목표와 같았어요. 여러분도 기필코 해낸다는 정신으로 꿈을 잃지 마세요."

이날 1시간 가량 진행된 강연회로 남산중 남산관은 감동의 물결이었다. 학생들은 '꿈과 희망'에 관한 이야기에 매료됐다.

조민형(14·중1)양은 "불과 40년 전 아버지 세대들이 이렇게 어려움을 겪었다는 게 놀랍다"며 "강한 의지를 본받아 앞으로 닥칠 난관을 슬기롭게 극복하겠다"고 말했다. 김현겸(14·중1)군은 "공부에 집중하기 위해서는 명확한 꿈을 가져야 한다는 것을 깨달았다"고 말했다.

유인달 교장은 "나라의 보배인 청소년들에게 인고와 성취감을 간접 경험할 수 있도록 강연회를 마련했다"며 "참나무가 거센 바람에 더욱 깊이 뿌리를 내리듯 학생들도 어려움 속에서도 의연함을 잃지 않았으면 좋겠다"고 말했다.

한편 순천 남산중은 세계화·개방화 시대에 대응하기 위해 영어교육을 강화하고 있다. 작년 5월 필리핀 2개 학교와 교류키로 협정, 학생들에게 외국 문화체험과 영어 교육 기회를 폭넓게 제공하고 있다.　　　조흥복 기자

24일 순천 남산중에서 정병산 서울고검 검찰사무관이 강연을 하고 있다.　조흥복 기자

가난·국졸 딛고 성공… "기필코 해낸다 다짐"
400여 학생들, '꿈과 희망'의 메시지에 감동

powerbok@chosun.com

순천 남산중학교에서 '꿈과 희망'을 주제로
강의한 것이 조선일보에 보도되었다.

인생여백구과극

5급 사무관 승진은 지난 10년 동안 내 인생의 숙원사업이었다. 오랜 꿈을 마침내 이루고, 그간의 고생을 보상받듯 분에 넘치는 축하를 받았다. 얼굴도 모르는 사람이 편지를 보내 축하해주고 신문사나 방송국, 모교와 남산중학교, 법무연수원 등에 불려다니며 인터뷰와 강의도 숱하게 했다. 사람들에게 내 얘기를 들려주면서 지나온 인생길을 돌이켜 보니 스스로가 대견하기도 했지만 왠지 모르게 허허로움이 느껴졌다. 앞으로 나에게 주어진 시간이 그리 많지 않은데, 이제 어떤 목표를 세우고 살아야 하나? 그동안 내 꿈을 좇느라 돌아보지 못한 것이 무엇이었나?

합격 소식에 기뻐할 어머니와 아버지는 이미 저 세상 사람이 되어 계셨다. 살아 계셨더라면 부모 덕이라곤 눈꼽만큼도 못 본 우리 병산이가 큰일을 해냈다고 좋아하셨을 텐데. 부모님 살아 생전에 더 좋은 모습을 보여드리지 못해 안타까웠다.

합격 직후 기쁜 소식도 전하고 안부도 물을 겸 누나에게 전화했다.

"아이고, 우리 병산이가 큰일 했네. 형제들 중에 너라도 요로코롬 잘돼서 다행이다야."

밝은 목소리로 축하해 주는데도 신산한 삶의 흔적과 피로감이 누나의 목소리에 묻어나는 것 같아 맘이 편치 않았다.

네 살 터울인데도 나와 동생 병윤이를 업어 키우며 바쁘게 일하는 어머니를 대신해 주었던 도순이 누나. 영등포에서 삼립식품 빵공장에 다니다 자형을 만났지만 살면서 호강 한번 못 해봤다. 젊은 나이에 남편을 떠나보내고 가장이 되어 힘겹게 살아온 우리 누나. 동생이 되어가지고 내 앞가림 하는 데 급급해 제대로 마음 써주지 못한 것이 미안했다. 나 사는 게 힘들고 고단하다고 누나 결혼식에 못 간 것도 두고두고 죄스러웠다.

그 옛날 고향에서 회룡이라는 마을에 가설극장이 들어와 〈장화홍련〉, 〈춘향전〉, 〈심청전〉, 〈흥부와 놀부〉, 〈팔도강산〉 등을 보던 생각이 난다. 몇 푼 안 되는 입장료가 없어서 감시원들의 눈을 피해 빙 둘러친 포장을 들추고 몰래 들어가 공짜로 봤었다. 그러다 들키면 붙잡혀서 발길질을 당하기도 했는데, 감시원 형들이 "너 임마, 누나 있어? 누나 있으면 같이 와. 공짜로 보여 줄게."하고 말했다. 그 말을 듣고 누나 손을 잡아끌고 가서 공짜 영화를 봤던 일이 엊그제 같은데 벌써 이렇게 많은 세월이 흘렀다니. 한때 누나가 동네 청년과 만나는 걸 아버지에게 일러바쳐서 엄청 혼나게 했었다. 지금이라면 오히려 감춰주었을 텐데 그때는 왜 그리도 철이 없었던지. 앳되고 순진한 소녀였던 누나가 이제는 나이 60이 넘어 머리가 희끗희끗해진 걸 보고 세월의 무상함을 느꼈다.

그로부터 얼마 후 쌍둥이 동생 병윤이를 만나 합격의 기쁨을 함께 나눴다.

동생은 그 옛날 내가 서울로 혼자 상경한 후 성환의 작은형님 밑에서 방앗간 일을 도와주었다. 그러다 나중에 서울에 올라가 여관 조바, 중국집 종업원, 페인트회사 심부름꾼, 다방 디제이 등을 전전했고, 그 후 전주 큰형님 집에 내려가서 운전을 배웠는데, 그것이 평생 직업이 되었다. 전국을 돌아다니며 화물차를 운전하더니 얼마 전부터는 레미콘 차를 한 대 사서 시멘트 회사에 지입차로 들어가 생활하고 있다.

아버지를 닮아서 우리 둘 다 건강 하나는 문제 없었는데 나이가 들어가며 여기저기 아프다고 해서 어떻게나 걱정이 되던지. 어렸을 때 이후로 오랫동안 서로 떨어져 지냈지만 나중에 얘기를 들어보니 내가 아팠던 시기에 동생도 비슷하게 아팠다고 했다. 쌍둥이는 떨어져 있어도 뭔가 통한다더니 그 말이 맞나 보다.

그런데 동생과 이런저런 얘기를 나누다 문득 몰랐던 사실을 깨달

앉다. 쌍둥이이긴 해도 예전과는 달리 생김새가 달라보인다는 사실이었다. 어렸을 적에는 구분하기 힘들 정도로 닮아서 동네 어른들이 누가 형이냐고 물으면 앞다투어 내가 형이라고 대답했었다. 때로는 부모님과 누나도 우리를 혼동해서 부르곤 했다. 서울에 올라와서 이발소 일을 할 때였나? 언젠가 버스 정류장에서 버스를 기다리고 서 있는데 전혀 모르는 사람이 다가와 어깨를 툭 쳤다.

"야, 진짜 오랜만이다. 너 요즘 어디 사냐?"

"네에?"

"너 임마, 벌써 날 잊어버렸어?"

내가 몰라보자 그는 몹시 서운한 기색이었다. 아마도 동생을 아는 사람 같았다.

"제가 병윤이 쌍둥이 형인데, 잘못 본 것 같네요."

"아, 그러세요? 아이고, 죄송합니다. 너무 닮아서 헷갈렸나 보네요."

전에는 다들 우리를 헷갈려 했는데 삼십 년 넘게 다른 환경에서 다르게 살다 보니 지금은 전처럼 닮아보이지 않는다고들 했다. 이 또한 나에겐 세월의 아픔으로 다가왔다. 어렸을 때는 그렇게 죽자 사자 붙어다녔는데, 한때는 서로 죽었는지 살았는지도 모른 채 지냈다. 지금이야 다시 연락하고 안부를 물으며 지내지만 오랜 세월 왕래가 없었던 탓에 옛날 같은 끈끈한 정은 없는 것 같아 서글퍼졌다. 언젠가 동생이 "형. 우리, 옛날 시골에서 지게 지고 나무하러 다녔던 그 시절로 돌아갈 수 없을까?"하고 말하는데, 눈물이 핑 돌았다.

인생여백구과극人生如白駒過隙이란 말이 문득 떠올랐다. 인생은 문틈으

로 백마가 달려가는 것을 보는 것처럼, 한순간에 지나지 않는다는 뜻
이다. 이제 오랜 꿈을 이루고 주위를 돌아볼 여유가 생겼으니 그동안
소홀했던 데 관심을 가지리라. 앞으로는 누나와 동생을 더 자주 들여
다보며 끈끈한 형제의 정을 다지리라. 하늘나라에 먼저 가 계신 아버
지, 어머니를 먼 훗날 다시 뵙게 되었을 때 부끄럽지 않은 자식이 되
리라.

과천 중앙공무원교육원에서

2008년 4월, 과천에 있는 중앙공무원교육원에서 〈제84기 5급 승진자 과정 교육〉을 받았다. 타 부처 사무관을 포함해 모두 290명이 모였다.

사방이 산으로 둘러싸여 산세가 수려한 가운데 잘 지어진 건물과 부족함 없는 시설을 둘러보며 자부심을 느꼈다. 남의 집 머슴살이밖에는 할 게 없던 두메산골 촌놈이 대한민국 중앙공무원교육원에서 교육을 받으며 초급 관리자로서 첫발을 내딛다니. 스스로가 자랑스럽고 대견했다.

교육을 본격적으로 시작하기 전, 교육생들이 모인 가운데 서로를 소개하는 시간이 있었다. 내 기사를 접해 나를 익히 알고 있던 사람들이 그동안의 노고를 위로하며 축하해 주었다. 안면도 없는 사람들에게까지 축하를 받고 나자 황송할 정도였다.

나는 교육생 중에 2분임장을 맡아 17명의 분임원들과 함께 즐겁고 뜻깊은 시간을 보냈다. 그런데 우리 검찰 승진자 중에 안타까운 사연을 가진 선배님이 있었다. 그해 6월 30일이면 정년이 되어 그 전에 발령받지 못하면 어렵사리 합격한 것이 물거품이 될 상황이었다. 그 선배님은 교육 기간 내내 수심이 가득해 다른 사람들과 어울리면서도 영 안색이 좋지 않았다.

교육받을 때 학생장을 맡으면 교육 평가를 잘 받아 조금이라도 발령을 앞당길 수 있다는 얘기가 들렸다. 그래서 18분임의 각 분임장들에게 선배님 이야기를 했다.

"우리 선배님이 혹 서열이 늦어 임관을 못할 사정이 생기면 너무나 안타까운 일 아닙니까? 우리 후배님들이 선배님께 학생장 자리를 양보해서 조금이라도 힘을 보태줍시다."

다들 내 의견에 동조하며 그러자고 했다. 결국 선배님은 교육생들의 학생장이 되었고, 눈물을 글썽이며 내게 고맙다고 하셨다.

그러나 그해 7월 7일에, 그것도 선순위 서열반만 발령이 나는 바람에 그 선배님은 안타깝게도 눈물의 고배를 마시며 6월 30일자로 정년퇴임을 하게 되었다.

선배님의 안타까운 사정을 접하고서 만감이 교차했다. 십 년 동안 시험공부에 매달렸지만 지각생이 되는 바람에 앞으로 내가 사무관으로 임관해 업무를 수행할 시간이 십 년이 채 남지 않았다. 그 시간을 어떻게 보내야 나중에 후회하지 않을까 고민하며 교육원 주변 오솔길을 산책하다가 나무 팻말에 쓰여진 멋진 글을 우연히 발견했다. 한 줄 한 줄 읽는데 마음속 깊이 와 닿아 지면에 옮겨보고자 한다.

천천히 걸소

홍종의

걸소
천천히 걸소
앞만 보며 달려온 길
잠깐만 늦춰 보소
미처 버리지 못한
욕심을 덜어내고
혹시 챙기지 못한
인정이 따라오도록
걸소
천천히 걸소
잃어버린 것이 많거든
에서 되돌리소

과천 중앙공무원교육원에서 제84기 5급 승진자 과정 제2분임
각 부처 동료 사무관님들과 함께.
(앞줄 맨 왼쪽이 필자)

충직한 청소부가 되리라

2008년 7월 7일, 서울고등검찰청 관리과 검찰사무관으로 첫 보직을 명 받았다. 서울 중앙검찰청사 3층에 있는 사무실에 들어서자 계장 때와는 달리 눈에 띄게 큼지막한 책상과 의자가 있었고, 별도로 접대용 소파가 있는가 하면 일반 계원들과 구분짓는 칸막이도 보였다. 책상 주위로 축하 난이 가득했고, 책상 위 용마루가 새겨진 명패에 '서울고등검찰청 관리과 검찰사무관 정병산' 이라고 써진 걸 보니 관직에 임관했다는 게 실감이 나며 가슴이 뭉클해지고 눈물이 왈칵 났다. 이 명패를 갖기 위해 얼마나 많은 인고의 세월을 보내며 책과 씨름해야 했던가! 감회에 젖어 있다가 전에 법무부 검찰2과에서 근무할 때 과장님이 하셨던 말씀이 문득 생각났다.

"명색이 사내 대장부라면 용마루가 새겨진 명패를 책상 앞에 두고 근무해 봐야지."

내가 맡은 첫 보직 임무는 관리과에서 관리과장님의 업무를 보좌하면서 청사방호, 구내식당, 다솜어린이집 등 후생복지 업무를 관리하고, 14명의 방호원과 23명의 청원경찰관, 그리고 20명 안팎의 공익요원들을 관리하는 것이었다. 중간 관리자로서 이를 실제로 집행하는 관리과 소속 직원들을 지휘 관장했다. 이 업무를 1년 5개월 정도 한 후 인사이동으로 사건과장이 공석이 되어 한 달 동안 그 직무를 대행하기도 했다.

사실 나는 고향인 순천에 금의환향하고자 순천지청 수사과장을 염두에 두었었다. 그러나 2010년 초 경찰, 국세청, 검찰 등 소위 권력기관의 인사는 토착 세력들과의 비리 결탁 방지 차원에서 연고지 인사 배제원칙을 세우라는 대통령의 말씀이 있었다. 검찰총장님께서 이 준칙을 인사의 대원칙으로 삼았기 때문에 순천지청으로 가는 것은 접어야 했다.

그러던 중 천안지청 수사과장으로 발령받았다. 서울고검의 여러 간부분들이 배석한 가운데 기념 촬영을 마친 후 한상대 고검장님께서 "천안은 남한의 중심 지대로서 막중한 책임이 요구되는 지역입니다. 법무부 장관께서 우리 정 과장님의 능력을 믿고 명을 내는 것이니 소임을 다하시기 바랍니다."라고 말씀하셨다.

천안지청 수사과장으로 부임해 새롭게 각오를 다지던 중, 전에 본 영화 하나가 문득 생각났다. 몇 해 전 대검찰청 별관 2층 강당에서 시사회를 겸해 〈공공의 적〉이란 영화를 상영했는데, 주인공 형사로 분한 배우 설경구가 수사기관을 농락한 재벌을 온갖 장애를 헤치고 추적해 마침내 응징하는 내용이었다. 평소 개인의 원한관계를 해결하거나 보상해주는 일보다는 공분을 일으키는 거악巨惡을 일소一消하는 데 관심이 많았기에 영화를 보면서 느끼는 바가 많았다. 천안지청 수사과장으로서 지역 사회에 상존하는 뿌리 깊은 고질적인 거악을 일소하는 충직한 청소부가 되리라 다짐했다.

또한 공무원은 어디까지나 국민의 머슴인 공복公僕임을 잊지 말자고 다짐했다. 공무원은 국민으로부터 권력과 권한을 잠시 위임받아 국가의 공무를 담당하는 자로, 국민이 내는 세금으로 새경 받아 살고 있는 국민의 종이다. 따라서 사명감을 갖고 그 주인인 국민을 편안하고 성실하게 모실 책임과 의무가 있다. 그런데 현실에서는 주객이 전도된 경우를 종종 보게 된다. 국민의 종은커녕 국민 위에 군림하며 고압적으로 굴거나, 국민의 이익보다 공무원 조직의 이익을 앞세우는 과오를 범하기도 한다.

거악을 일소하는 충직한 청소부가 되어 어느 누구도 불의에 짓밟히지 않고 맘껏 행복을 추구하며 살 수 있는 건강한 사회를 만드는 것. 이것이 검찰의 초급 관리자로서 내가 해야 할 일이라 여기며 하루하루 최선을 다할 것이다.

오늘은 프레즌트present다

    보잘것없는 삶을 '자서전'이라는 이름으로 내놓고 나니 만감이 교차합니다. 내 이야기에 독자들이 과연 얼마나 공감해 줄지, 행여 독자들의 눈을 어지럽히진 않을지 두려운 마음이 앞서기도 합니다.

    암울하고 긴 '인고의 세월'이란 터널을 막 빠져나와 '진정 나는 누구인가?'라는 질문의 답을 찾아 앞으로 나만의 색깔을 칠해갈 것입니다. 독자 여러분들도 참 자신이 누구인지 고민하면서 각자의 아름다운 그림을 그려갔으면 하는 바람입니다. 또한 내가 아는, 그리고 나를 아는 모든 분들이 늘 함박웃음을 잃지 않았으면 합니다.

    저를 이 세상에 보내 주신 아버지와 어머니, 정말 고맙고 사랑합니다.

    그리고 예쁘게 딸 낳아 지혜롭게 길러 보내 주셔서 재미나게 살게 해주신 우리 장인 장모님께도 이 자리를 빌어 고맙다는 인사를 드립니다.

    내가 선택한 보물, 잊지 못할 그 이름 박종현! 못난 사내 만나 거두느라 참으로 고생이 많구려. 이제 품 갚으며 사랑하며 살아가리라.

    눈에 넣어도 아프지 않을 우리의 분신 지웅아, 태웅아! 너희들은 좋은 세상 만났으니 도화지에 너희들이 좋아하는 너희들만의 그림을 그려 가거라. 거기에 덧붙여 이 엄마 아빠 만나기를 참 잘했다는 말 한마디 들을 수 있다면 더 바랄 것이 없구나.

듬직한 우리 큰아들 지웅아. 그리고 개그맨보다 더 재미있는 우리 막둥이 태웅아. 엄마 아빠는 너희들을 참말로 가슴 시리도록 사랑한데이.

이 자서전이 나오도록 많이 애써 주신 순천 남산중학교의 유인달 교장선생님과 상상나무 김원중 대표님, 글을 다듬어 준 심현정 차장님, 그리고 출판사 직원분들에게도 깊은 감사의 인사를 드립니다.

이 글을 읽는 모든 분들에게 "어제는 히스토리history요, 내일은 미스테리mystery이며 오늘은 프레즌트present다."라는 말을 하고 싶습니다. 그래서 오늘을 선물 받은 것처럼 기쁜 마음으로 보내야 합니다. 우리 다함께 손에 손잡고 대한민국이라는 커다란 무대와 잔디밭에 소풍 나온 기분으로 마음껏 연출하고 뛰어놀다 갔으면 좋겠습니다.

부족한 글 읽어주셔서 참으로 고맙습니다.

2010년 7월 정병산